Hans-Peter Schneider

Seppis Tagebuch

Lauter Deppen!

Hans-Peter Schneider

Seppis Tagebuch

Lauter Deppen!

Illustrationen: Christiane Franke

rosenheimer

Vollständige Taschenbuchausgabe
der im Rosenheimer Verlagshaus erschienenen Originalausgabe

2. Auflage

www.rosenheimer.com

Illustrationen: Christiane Franke, Basel
Satz: Christiane Franke, Basel
Druck und Bindung: Finidr s.r.o.
Printed in Czech Republic

ISBN 978-3-475-54609-9

Für meine Lieben

DEZEMBER

Montag

Ich wollte mich wirklich an meiner neuen Erzklassenfeindin Schacke-Line rächen! Ich hatte schon super Ideen: Haare mit Kaugummi verkleben oder roten Saft in ihre Schultasche schütten oder ihr einen Spickzettel unterschieben und sie dann verpetzen! Ich wollte, dass sie leidet! Schließlich hat sie mich einfach am letzten Freitag geküsst! Beim Krippenspiel! Gegen meinen Willen! Wie eklig ist DAS denn?!?

Doch dann hat sich alles geändert! Von jetzt auf gleich! ER war da! Und ich hatte jetzt echt ein riesiges Problem!

Völlig überraschend hat ihn der Killer-Miller, unser übelst heftiger Direktor, heut Früh in unsere Klasse geschleift. Jeder hat sofort sehen können, dass dieser Kevin echt eine Pfeife ist. Das Doofe daran ist nur, dass es keiner gecheckt hat. Keiner außer mir natürlich.

Nach dieser unpassenden Ansprache vom Killer-Miller hat unser endsstrenger Deutschlehrer Rammelmeyer das Wort an sich gerissen. Er hat dem Kevin ganz wild und ewig lang die Hand geschüttelt. Und dazu hat er wieder mal seine Hühnerbrust aufgeblasen und ist sich ganz wichtig vorgekommen.

Aber okay, dass man den Killer-Miller und den Rammelmeyer nicht unbedingt zu den normalen Menschen zählen kann, war mir eigentlich schon vorher klar. Echt krass ist allerdings, dass Leute, die ich bisher für einigermaßen normal gehalten habe (außer Schacke-Line!), total neben der Spur unterwegs sind. Irgendwas ist heut wirklich gewaltig schiefgelaufen.

Aber das echt Krasseste ist danach noch gekommen. Der Rammelmeyer hat dem Kevin nämlich freigestellt, ob er neben mir oder dem Oberstreber Merlin von Nissmitz sitzen mag. Ich meine: HALLO?!? Was ist das denn bitte für eine Auswahlmöglichkeit?!? Da könnte man genauso gut fragen, ob jemand lieber Fan vom FC Bayern oder vom SC Unterdupfing sein will! Ich spiel schließlich in einer Liga, die ungefähr 37 Ligen höher ist als wie die vom Merlin.

Aber offensichtlich hat der Kevin das nicht ganz so gut erkennen können. Wahrscheinlich weil er etwas überfordert war mit der neuen Klasse und so.
Jetzt weiß ich auch mal, wie die sich fühlen, die im Sportunterricht immer als Letzte in die Mannschaft gewählt werden.

Aber ist ja eigentlich auch egal, ich hätt eh nicht neben dem Kevin sitzen wollen. Ich hätt den nicht mal neben mich hinsetzen lassen. Der wollte doch dann echt in der Pause mit mir darüber reden, da hab ich aber voll souverän reagiert!

Den hab ich so richtig cool abblitzen lassen. Ich hab ihm halt einfach zeigen müssen, wo der Hammer hängt! Aber spätestens jetzt ist klar: Meine Rache an Schacke-Line muss warten! Jetzt gibt es eine viel wichtigere Mission für mich:

ICH MUSS DIESEN KEVIN STOPPEN!!!

Sonst könnt es echt blöd für mich rausgehen!

Dienstag

Weil ja meine ganze Klasse so im Kevin-Fieber war, hab ich dringend was dagegen unternehmen müssen.
Deswegen hab ich mir gedacht, dass es mal wieder Zeit ist für einen neuen Tipp aus meinem Ratgeber.

Die Tipps sind zwar immer noch nicht als Buch erschienen, aber das kann nicht mehr lang dauern.
Da gerade Weihnachtszeit ist, hab ich mich für den Tipp Nummer 20 entschieden. Das ist nämlich der „Lass-den-Adventskranz-mal-so-richtig-krachen-Tipp".
Der ist total leicht durchzuführen. Man braucht nur ein paar Pfennigkracher, die man letztes Jahr an Silvester nicht mehr verschießen hat können.

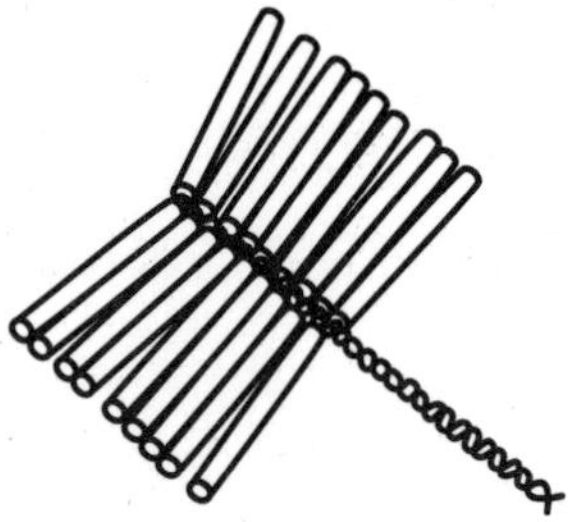

Dann packt man vor Unterrichtsbeginn den Adventskranz und geht mit ihm aufs Klo. Da nimmt man alle vier Kerzen und bohrt mit einem dicken Nagel je ein Loch direkt neben den Docht der vier Kerzen. Wichtig ist, dass das Loch etwas weniger tief ist als wie der Pfennigkracher und die Zündschnur.

In diese Löcher setzt man dann jeweils drei bis fünf Pfennigkracher, je nachdem wie viel Platz man in dem Loch hat. Dann verzwirbelt man die Zündschnüre miteinander, damit sie nur noch eine einzige Zündschnur ergeben.

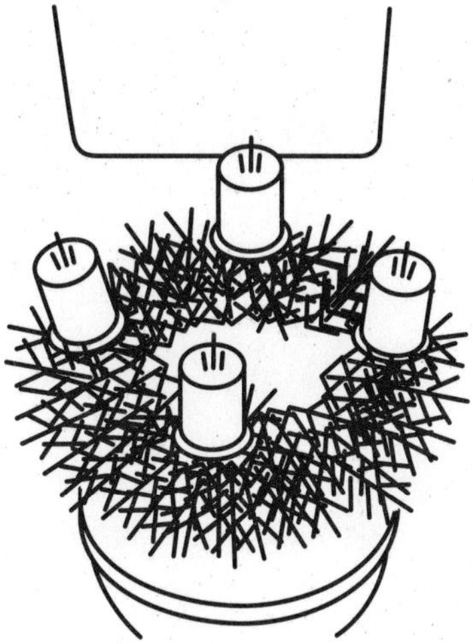

Obwohl ja erst der erste Advent vorbei ist, ist es trotzdem wichtig, dass in alle vier Kerzen Pfennigkracher eingesetzt werden. Weil man ja schließlich nicht vorher weiß, welche Kerze der Lehrer diesmal anzündet.
Ich habe mich genau an diesen Tipp gehalten und danach den Adventskranz unbemerkt zurück auf das Lehrerpult gestellt.

Genial ist es natürlich gewesen, dass wir in der ersten Stunde den Pater Baptissimus in Religion hatten, weil der Rammelmeyer krank war und seine Stunde ausgefallen ist. Denn der zündet immer ganz zuverlässig die Adventskranzkerze an. Was wahrscheinlich an der Vorgabe seines Arbeitgebers liegt, dem lieben Gott.
Während er ganz laut „Wir sagen euch an den lieben Advent" gesungen hat, hat er dann seine Streichhölzer rausgeholt und eine Kerze angezündet. Zunächst hat nur der Kerzendocht gebrannt, aber zum Finale des Liedes hat dann endlich auch die Zündschnur Feuer gefangen. Richtig cool ist gewesen, dass der Pater Baptissimus zum Ende jedes Liedes immer viel, viel lauter wird. Das hat den dramatischen Effekt noch weiter ausgebaut!

Und dann ist es auch schon geschehen. Zu den letzten Klängen des Weihnachtsliedklassikers ist es zum gigantischen Höhepunkt gekommen. Echt Bombe!!!

Das war ein sensationelles Gefühl. Mein Tipp hat wieder mal perfekt funktioniert. Der Pater Baptissimus ist völlig fertig gewesen. Er hat sogar vor Schreck den Adventskranz gepackt und ist mit ihm nach draußen gelaufen. Als er weg gewesen ist, haben alle noch viel lauter gelacht und mich gelobt. Na ja, fast alle ...

LOLLIG?!? Welches Baby benutzt denn bitte dieses Wort?!? Wenn ich was cool und lustig find, dann sag ich cool und lustig und nicht lollig! Vor allem hat er ja mit seinem miesen Unterton genau das Gegenteil aussagen wollen! Und NETT?!? Nett ist die kleine Schwester von Scheiße! Alter, was läuft denn mit dem Deppen?!?
Okay, ich hab's ja echt im Guten probiert, aber das ist zu weit gegangen. Ab sofort hat sich der Kevin eine eigene Karte im bayerischen Deppenquartett verdient!

Wenn einer, der den Nachnamen Machtlfinger hat, schon Kevin heißt! Das sagt ja wohl alles! Ich weiß nicht, was geht da in den Köpfen von den Eltern ab? Wollen die ihr Kind absichtlich von Anfang an zum Oberdeppen abstempeln lassen? Warum sollten sie ihr Kind denn sonst Kevin nennen?!? Dann muss es ja jetzt eigentlich eine ziemliche Enttäuschung für die Eltern sein, dass der

Kevin bisher so gut bei aLLen ankommt. Dann sind sie mir wahrscheinlich sogar dankbar, wenn ich dafür sorge, dass das nicht mehr lang so sein wird! Und das werd ICH dann superLOLLIG finden!

Abgesehen davon hat sich mal wieder gezeigt, dass meine Tipps zu hundert Prozent klappen! Theoretisch sogar noch besser!

Donnerstag

Früher ist der Nikolaus mit dem Krampus zu mir und meiner Schwester Vroni ins Haus gekommen. Allerdings nur solange wie wir kleine Kinder gewesen sind. Da hat er mir dann lauter persönliche Fragen gestellt, und der Krampus im Hintergrund hat immer mit seiner Rute gegen die Tür geklopft. Und das, obwohl ich echt immer saubrav war! Die Vroni hätte er lieber mal verprügeln sollen, das wär allein schon vorsorglich eine richtig sinnvolle Aktion gewesen.

Aber wie gesagt, seit zwei Jahren kommen die beiden nicht mehr. Ich glaub, ich bin da auch ein bisschen mit schuld daran. Weil ich halt damals zu ehrlich gewesen bin!

Im Nachhinein tut's mir echt fast ein bisschen leid, dass ich da so ehrlich war. Aber sonst haben sie mir immer gesagt, dass ich vorm Nikolaus die Wahrheit sagen muss. Außerdem hab ich das eh schon drei Jahre für mich behalten, dass ich weiß, dass der Hausnerbauer-Lenz unser Nikolaus ist. Ich hab mir nämlich immer gedacht: Wenn der Hausnerbauer so einen Spaß am Verkleiden hat, dann will ich ihm den auch nicht nehmen!

Die Vroni, die dumme Kuh, hat dann aber zum Weinen angefangen, weil sie immer noch geglaubt hat, dass es den Nikolaus wirklich gibt. Und deswegen wollt mir der Krampus mit seiner Rute eine runterhauen.

Glücklicherweise hab ich genau im richtigen Moment ausweichen können. Wobei man sagen muss, dass sich das „glücklicherweise" wirklich nur auf mich bezieht und nicht auf ... den Krampus!

Das war dann auf jeden Fall für den Krampus eine saudumme Geschichte. Er hat nämlich meine Fleischer-Oma getroffen. „Fleischer"-Oma, weil sie früher Fleischereifachverkäuferin war. Und da hat dann der Spaß ein Loch gehabt. Sie hat den beiden Besuchern in ihrer freundlichen Art klargemacht, dass es jetzt wohl besser an der Zeit ist, dass sie das Haus verlassen sollen.

Nachdem also der letzte Nikolausbesuch so gewaltig in die Hose gegangen ist, haben meine Eltern das auch seither nicht mehr gemacht. Trotzdem sind der Nikolaus und der Krampus bei uns im Ort unterwegs. Und deswegen hab ich meinen besten Freund Hansi zum Nikolaus-Tratzen eingeladen. Das ist eigentlich nichts anderes als Nikolaus-Ärgern, aber „tratzen" klingt halt cooler und bairischer. Wir haben uns dann hinter einer kleinen Hecke versteckt und haben auf die beiden gewartet. Hansi war am Anfang noch ein kleines bisschen skeptisch!

Da hat der Hansi natürlich etwas übertrieben gehabt, denn so kalt war es gar nicht. Es hatte ja auch nicht mal Schnee. Dafür hat's geregnet wie die Sau, und wir haben im Schlamm stehen müssen. Davor haben wir aber noch alle wichtigen Vorkehrungen getroffen.

Kaum haben wir eine knappe Stunde gewartet – was der Hansi zu lang, ich aber in Ordnung fand – haben wir aus einiger Entfernung schon Nikolaus und Krampus kommen sehen. Aber die uns natürlich nicht.

Das Prinzip Nikolaus-Tratzen funktioniert deshalb so gut, weil sowohl der Nikolaus als auch der Krampus in ihren fetten Gewändern ziemlich unbeweglich sind. Das heißt, selbst wenn man entdeckt wird, kann man vor den beiden problemlos davonlaufen. Aber auch das Entdecken ist gar nicht so einfach, weil es zusätzlich ja noch stockfinstere Nacht ist.

Kurz bevor der Nikolaus und der Krampus an uns vorbeigegangen sind, haben ich und Hansi unser zuvor an der anderen Straßenseite befestigtes Seil zum Einsatz gebracht.

Genau in dem Bereich vor dem Seil haben ich und Hansi vorher noch etwas mehr Wasser und vor allem Schlamm verteilt. Das ist auch nicht umsonst gewesen, denn der Nikolaus und der Krampus haben diese Drecklachen perfekt getroffen.

Schnelligkeit ist zum Schluss so ziemlich das Wichtigste beim Nikolaus-Tratzen. Denn durch unser Lachen und Fotografieren haben uns der Nikolaus und der Krampus dann doch entdeckt. Sie waren komischerweise gar nicht so begeistert.

Darum sind ich und der Hansi lieber mal, so schnell wir konnten, davongestürmt.

Daheim haben wir das Bild der gestürzten Möchtegernheiligen gleich mal ins Internet hochgeladen. Und natürlich mit der Seite vom Hausnerbauern-Biomarkt verlinkt!
Das Nikolaus-Tratzen war echt mal wieder so eine richtig geniale Aktion! Und der Hansi hat mal wieder gecheckt, dass ich der Coolste überhaupt bin!

Freitag

Leck, das war echt ein Schock! Als ich heut in die Schule gekommen bin, haben alle aus meiner Klasse das mit dem Nikolaus-Tratzen schon gewusst. Das war aber natürlich nicht der Schock. Sondern der Schock war, dass sie es LOLLIG gefunden haben! L - O - L - L - I - G!!!!

Das bescheuertste Wort des Universums passt nicht zu unserem Nikolaus-Tratzen! Und erst recht nicht, weil es wieder mal von diesem Kevin kommt.

Das Nikolaus-Tratzen war geil oder cool oder Bombe oder vielleicht sogar episch! Aber auf keinen Fall LOLLIG!

Kevin, der Depp, sagt zu uns, dass das Tratzen Kindergartenstyle ist! Stellt sich aber selber hin und benutzt Babywörter! Und noch viel schlimmer, er hat heute in der Pause angefangen, lauter Dei-Muada-Witze zu erzählen. Das ist nicht nur Kindergartenstyle, das haben wir als Babys gemacht.

Vorteil war aber, dass der Kevin dadurch den Hansi ziemlich grantig gemacht hat. Das heißt, ab sofort hat der Hansi endgültig wieder in der richtigen Mannschaft gespielt, nämlich in meiner und gegen dem Kevin seine!

Nachteil war dagegen, dass nicht nur der Kevin immer nerviger geworden ist, sondern dass auch sein neuer Oberkumpel Merlin offensichtlich gedacht hat, dass jetzt jeder Krümel was sagen darf.

Da ist es halt dann blöderweise passiert. Der Merlin ist beim Vorbeigehen zufällig an meiner Schulter hängen geblieben, und der Hansi wollte dem Luis und dem Leon eigentlich nur freundschaftlich auf die Schultern klopfen.

War ja klar, dass der Kevin eine richtige Petze ist! Und das, obwohl wir ja eigentlich gar nichts gemacht haben.
Der Fritte, unser verplanter Geografielehrer, hat allerdings Aufsicht gehabt und hat das Ganze echt vernünftig geregelt!

Puh, das war knapp! Beim Fritte kann's auch mal schnell sein, dass er uns zum Killer-Miller schickt. Aber offensichtlich hat er die Sache völlig richtig eingeschätzt. Spätestens jetzt war aber mir und Hansi klar, dass der Kevin, diese Petze, zu einem immer größeren Problem wird. Wir brauchen echt einen Plan ... und Verbündete, die uns gegen Kevin helfen.

Mittwoch

Lang haben ich und der Hansi über unser Vorgehen nachgedacht. Wir wollten gerade auf die Suche nach Verbündeten gehen, da hat sich der Hausmeister uns in den Weg gestellt. Das Geile an dem ist, dass er lispelt wie die Sau. Und das Allergeilste ist, dass er allen Ernstes Herr Nikolaus Bleibimhaus heißt! Sensationell, find ich! Da hat wohl irgendein Namensgeber mal im Clownschlafanzug geschlafen!

Aber der ist echt immer saunett, auch wenn er ab und zu ziemlich verplant ist. Deswegen ist es für mich und den Hansi auch nie ein Thema, ihm bereitwillig zu helfen. Wenn wir halt Zeit dafür haben!

Okay, die Fächerauswahl sollte der Hansi in Zukunft noch mal überdenken. Aber wir können uns halt nun mal nicht zwei-, drei- oder achtteilen. Obwohl wir es für den Bleibimhaus echt versuchen würden.

So haben wir also dem Hausmeister Bleibimhaus helfen müssen, den Christbaum in der Aula aufzustellen. Dazu haben wir zunächst mal Berge von Chips- und Gummibärchentüten zusammenkehren müssen, weil irgendwelche verantwortungslosen Schüler die einfach immer auf den Boden schmeißen. Dann haben wir den schweren Ständer geholt, den Tannenbaum darin festgemacht und die Lichterkette außen rumgewickelt. So ist der Baum schließlich mächtig und festlich in der Aula gestanden. Als unerwartet ein Problem aufgetaucht ist.

So haben wir mit dem Bleibimhaus in seine geheimsten Räume gedurft, nämlich in die Hausmeisterzimmer im Keller. Die Tür dorthin ist normalerweise immer abgesperrt.

Das ist dann gar nicht so schlecht gewesen bei ihm. Er hat uns, wie versprochen, Süßigkeiten geschenkt, und am allerbesten war …

Der Bleibimhaus hat uns da allein sitzen lassen, und wir haben uns den Bauch vollgeschlagen. Als er dann wiedergekommen ist, hat er sofort unser Entsetzen erkannt.

Echt ein sehr korrekter Mann, der Herr Nikolaus Bleibimhaus. Endlich mal jemand mit Verstand und Gefühl für die Wünsche der Schüler. Da könnten sich die Lehrer mal eine Scheibe davon abschneiden.

Freitag

Ich und Hansi haben wegen dem Hausmeister und dem ganzen Weihnachtsstress glatt vergessen, unseren Gegen-Kevin-Plan weiterzuverfolgen. Zumindest haben wir uns auf ein Codewort dafür geeinigt. Wir nennen den Plan ab sofort „Operation Deppenabwehr", Abkürzung ODA. Heut hat die Phase 1 der Operation Deppenabwehr dann doch direkt nach der Schule beginnen können.

ODA-PHASE 1 – Beschaffen von Verbündeten

Mir und Hansi war klar, dass das nicht ohne schmerzhafte Erfahrungen durchgeführt werden kann. Deswegen hab ich den ersten wirklich schlimmen Schritt unternommen.

Puh, das war ein harter Schlag! Schreckt denn dieser Kevin vor gar nichts zurück?!? Graust's ihm denn wirklich vor nichts? Schacke-Line freiwillig zum Eisessen einladen?!? Ich meine, HALLO?!? Geht's noch?!?

Was hat das denn bitte heißen sollen? Ich war ja wohl SCHON IMMER distanziert zu Schacke-Line! So eine Schnepfe! Aber das heißt ja wohl nicht, dass sie einfach mit dem Kevin zum Eisessen gehen darf, oder?!?

Doch gerade wenn man denkt, dass es nicht mehr schlimmer werden kann, kommt es natürlich ends-ends-ends-schlimm!

Am Anfang hat der Kevin mich scheinbar nicht gesehen. Kann ja mal passieren. Ich hab da aber cool reagiert und mich dann souverän bemerkbar gemacht.

Dann sind die beiden lachend abgezogen. Und ich bin allein zurückgeblieben. Ich hoffe mal, der Hansi ist erfolgreicher als ich gewesen und hat ein paar Verbündete aufgetrieben.

Sonntag

Der dritte Sonntag im Advent ist jedes Jahr aufs Neue ein Klassiker. Denn das ist einer der ganz seltenen Tage im Jahr, wo mein Opa zu Besuch kommt. Der ist nämlich der Vater von meinem Vater, ist aber gefühlte 30 Jahre jünger wie meine Fleischer-Oma. Und seine Frau, also meine zweite Oma, ist schon sehr lange gestorben, schon seit bevor ich geboren bin.
Seitdem mein Opa in Rente ist, macht er ganz viele Reisen und kauft sich lauter geniale alte Autos. Sein neuestes ist ein über 50 Jahre altes Goggomobil, so heißt das echt. Mit dem ist er auch zu uns gekommen.

Von seinen Reisen bringt er uns dann immer tolle Geschenke mit. Meine Mutter ist davon meistens nicht so begeistert. Wie auch in diesem Jahr.

Der Opa hat das aber supersouverän mit meiner Mutter gelöst. Da merkt man echt, dass der ganz viel rumkommt und genau weiß, wie er die Leute auf seine Seite kriegt und welche Worte in welcher Situation die besten sind.

Besonders freut sich mein Vater immer, wenn der Opa kommt. Oder eigentlich glaub ich, dass er sich gar nicht unbedingt so über den Opa persönlich freut. Sondern er freut sich, dass der Opa da ist, weil der nämlich der Fleischer-Oma immer so richtig den Kampf ansagt. Denn die ist nämlich am dritten Adventssonntag auch immer da. Und wenn die sich mit dem Opa bekriegt, dann hat sie weniger Zeit, meinen Vater fertigzumachen.

Vorteil ist auch: Wenn der Opa da ist, müssen wir nicht in die Kirche gehen. Da gehen dann die Oma und die Mama immer allein. Weil mein Opa ist nämlich nicht so gläubig, glaub ich.

Als wir dann allein mit dem Opa gewesen sind, hat er uns ganz faszinierende Geschichten von seinen Reisen erzählt. Vor allem hat er uns erzählt, was es mit den Geschenken auf sich hat, die er uns mitgebracht hat.

Keine Ahnung, was an den Geschichten vom Opa wirklich stimmt und was nicht. Sie sind halt einfach immer unglaublich lustig und spannend, und das find ich echt genial!

Ein besonderes Highlight ist am dritten Adventssonntag übrigens auch immer das Plätzchenessen am Nachmittag. Denn sowohl Oma als auch Mama sind nicht gerade mit Plätzchenback-Talent gesegnet.

Seppis Knigge

Heute: Die top drei der Gründe, warum es lebensgefährlich ist, Omas und Mamas Plätzchen anzubieten!

3. Platz:

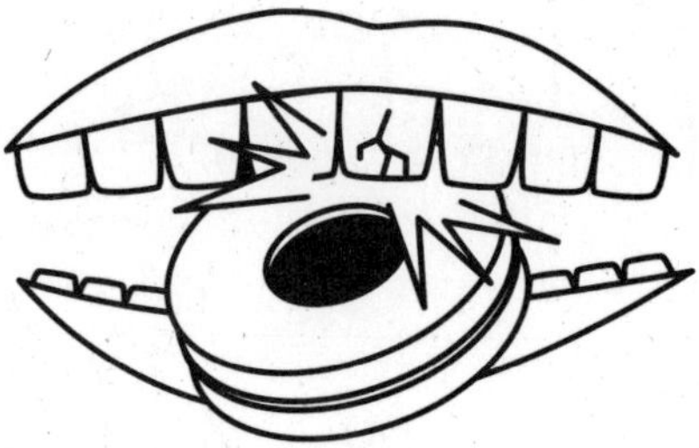

Weil die so endshart sind, dass Eisen und Stein dagegen Kaugummi sind!

2. Platz:

Weil die voll Orangeat und Zitronat sind, den sinnlosesten und ekligsten Zutaten, die jemals erfunden worden sind!

1. Platz

1. Weil Opa, aus Wut über die grottenschlechten, endsharten Plätzchen, diese immer stinksauer durch die Gegend schmeißt! Wenn er dabei mal einen trifft, gibt's mindestens eine Gehirnerschütterung!
2. Weil Oma, aus Wut über die aus ihrer Sicht völlig überzogene Reaktion vom Opa, Opa mit dem Nudelholz erschlagen will!

3. Und weil Mama kurz davor ist, Papa zu erwürgen, weil der sich die ganze Zeit über Opa und Oma kaputtlacht!

So ist es also ein richtig abwechslungsreicher dritter Adventssonntag gewesen, an dem wir zwar wenig Plätzchen gegessen haben, aber dafür ganz viel lachen mussten. Zumindest ich und Vroni ... und unser Vater natürlich, zumindest vor dem Beinahe-Erwürgen!

Mittwoch

Bisher war die ODA-Phase 1 nicht besonders erfolgreich – entweder die Leute finden Kevin toll, oder sie halten Kevin für einen Deppen. Problem an den Leuten, die Kevin für einen Deppen halten, ist, dass sie mich und Hansi auch für Deppen halten.

Deswegen haben wir ODA-Phase 1 jetzt einfach mal auf Eis gelegt. Eventuell müssen wir da noch mal was am Konzept verändern. Stattdessen haben wir uns entschieden, mit der nächsten ODA-Phase zu beginnen.

ODA-Phase 2 – Verdacht auf „DEN DEPP" lenken

Ach ja, mit „Depp" haben wir natürlich den Kevin gemeint. Als erste Aktion innerhalb dieser Phase haben wir uns für den Tipp Nummer 82 aus meinem Ratgeber entschieden.

Das ist der „Lehrer-sind-die-Essensvernichter-Nummer-eins-und-essen-echt-alles-Tipp". Dazu haben wir zunächst mal eine Packung Süßigkeiten gebraucht. Im Idealfall sollten das solche Süßigkeiten sein, die kein Mensch gerne essen will. Da Oma ja am Wochenende da war, haben wir uns darüber keine Sorgen machen müssen. Denn der Süßigkeitenschrank ist wieder mal gefüllt mit drei Packungen Ekel-Monn-Scherri. Zusätzlich dazu haben wir eine Spritze mit einer dünnen Nadel, Essig und – ganz wichtig – eine Weihnachtskarte gebraucht.

Der Hansi hat dann die Spritze mit Essig vollgefüllt. Und ich hab in das Monn Scherri so viel Essig hineingespritzt, wie irgendwie gegangen ist. Das haben wir dann dreimal wiederholt.

Das Wichtigste ist natürlich das Schreiben der Weihnachtskarte gewesen. Hier hat uns kein Fehler unterlaufen dürfen. Und dann haben wir unauffällig und rechtzeitig vor Beginn der Englischstunde der Mrs. Runzheimer-Schimmel unser Weihnachtsgeschenk auf den Tisch gelegt. Das ist echt von Herzen gekommen.

Danach hat echt alles endsgut geklappt! Die Runzheimer-Schimmel kommt rein, liest die Karte, wirft dem Kevin ein freundliches Lächeln zu und packt sich ein Monn Scherri aus. Wir haben also ihren Süßigkeitengeschmack getroffen. Kein Wunder, so seltsame Frauen wie die Runzheimer-Schimmel stehen auf solche komischen Sachen.

Der „Lehrer-sind-die-Essensvernichter-Nummer-eins-und-essen-echt-alles"-Tipp ist echt so was von durchdacht und genial, echt der Wahnsinn!
Da wird sich jetzt in Zukunft wohl einiges für den Kevin verändern! Aber auch kein Wunder, wenn man Lehrern einfach solche Geschenke macht. Schon allein der Besuch beim Killer-Miller morgen wird echt übel für ihn – vorausgesetzt, er überlebt ihn überhaupt! Dann werden auf jeden Fall auch immer mehr checken, dass der Kevin eine Vollpfeife ist!
Und mit was? MIT Recht!!!!!

Donnerstag

Endlich bin ich heut mal wieder richtig gechillt in die Schule gegangen. Ich hab nämlich gewusst, dass wir dem Kevin einen ersten Schlag versetzt haben und dass das erst der Anfang gewesen ist und dass der Killer-Miller ihm die Hölle heißmachen wird und dass wir heut Sport beim Hitzl haben.

In Sport ist es dann aber so richtig genial geworden. Denn der Hitzl hatte eine Hammerüberraschung für uns.

Das ist mal eine richtig geile Ansage gewesen. Denn jedes Jahr steht der Skikurs wieder auf der Kippe, weil es da immer ein paar Lehrer und Eltern gibt, die sagen, dass man dadurch die Umwelt oder so kaputt macht. Aber der Hitzl reagiert auf solche Vorwürfe immer echt gechillt.

Irgendwoher kommt mir sein Satz bekannt vor! Von der Fleischer-Oma? Ich weiß es nicht!

Na ja, auf jeden Fall hatten wir danach eine endsgeniale Sportstunde. Halt, erst als der Hitzl sich in sein Sportlehrerzimmer zurückgezogen hatte und wir dann allein in der Turnhalle machen konnten, was wir wollten.

Endsgeniale Übung 1: Pezziball-Duell

Als wir uns ganz sicher gewesen sind, dass der Hitzl nichts mehr mitbekommt, haben wir mit dem Duell anfangen können. Am lustigsten war's allerdings, dem Hansi zuzuschauen!

Der Luis hat allgemein Probleme damit, seine Kraft richtig einzuschätzen. Beziehungsweise eigentlich hat er Probleme damit, die gigantische Kraft vom Hansi anzuerkennen. Denn im Pezziball-Duell macht es wirklich mal überhaupt keinen Sinn, sich mit Hansi anzulegen!

Das Endsgeniale daran ist, dass man Hansis Gegner dann immer wie Vögel durch die Luft fliegen sieht. Das ist echt der Hammer! Die haben dann wirklich so was von keine Kontrolle mehr über ihren Körper, das ist megacool!

Endsgeniale Übung II: Der Todessprung

Irgendwann haben wir uns dann genug duelliert gehabt. Und gegen den Hansi hat sich auch keiner mehr getraut anzutreten. Also ist es Zeit gewesen für den Todessprung. Dafür haben wir zuerst die vier fetten blauen Matten aufeinanderlegen müssen.

Kaum haben wir das Ganze aufgebaut gehabt, haben die ersten Weicheier schon zum Luschen angefangen. Die hat voll der Mut verlassen! Aber ein paar sind dann doch mit mir in den Zuschauerrang hochgegangen. Und der Leon hat sich echt gar nicht in die Hosen gemacht und hat's als Erster durchgezogen!

Als Letzter hat sich dann echt der Merlin getraut. Das ist schon Wahnsinn, weil ja ganz viele rumgeluscht haben. Da haben ich und der Hansi echt ein bisschen Respekt vor seinem Mut bekommen. Auch wenn, na ja ..., auch wenn sein Sprung nicht gerade souverän gewesen ist. Und auch nicht seine Reaktion danach!

Endsgeniale Übung III: DIE SCHLACHT

Da wir noch Zeit gehabt haben und der Kevin ja auch dabei war, haben wir natürlich noch ein Spiel machen müssen, wo wir ihm so richtig eine mitgeben haben können. Darum haben wir noch „SCHLACHT" gespielt.

Das Spiel ist eigentlich total einfach: Man darf alles nehmen, was man in der Turnhalle irgendwo findet, und baut sich daraus irgendwie eine Art Burg.
Und man muss dann versuchen, irgendwie seine eigene Burg zu verteidigen und die der Feinde irgendwie zu zerstören.
Für das Zerstören darf man auch wieder alles nehmen, was man in der Turnhalle irgendwo findet!

Gewonnen hat die Gruppe, die als Erstes das Hütchen in den Händen hält, das jede Mannschaft hinter ihrer Mauer versteckt hat.

Blöderweise für den Kevin hat er gegen uns spielen müssen. Da hat er bei einem seiner Angriffe auf unsere Burg gleich mal gemerkt, was schlagkräftige Verteidigung heißt. Aber der Depp ist auch einfach immer dorthin gelaufen, wo wir gestanden sind. Vielleicht hat er Bock drauf gehabt, voLL das Opfer zu werden! Oder er hat sich vorgesteLLt, er ist ein Actionstar und macht die übelstgeilen Stunts für seinen Film einfach selber. Das hätte dann bestimmt einen epischen Blockbuster gegeben:

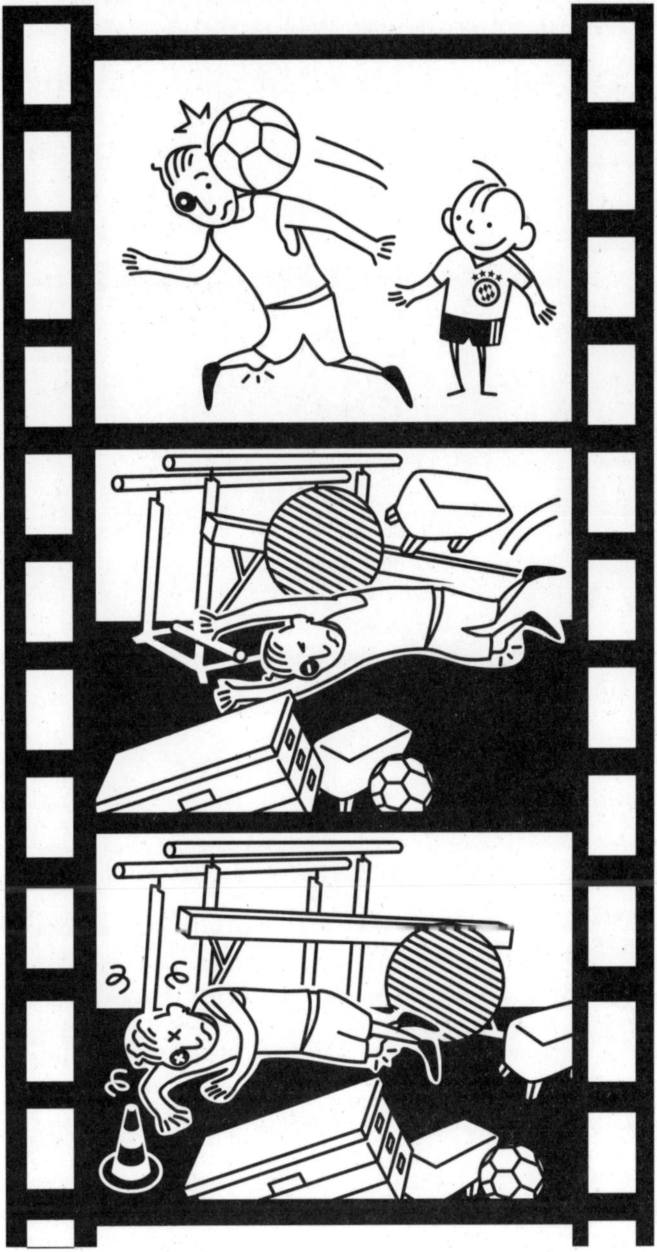

Alle, die das gesehen haben, waren von Kevins Stunt-Einlage echt begeistert. Na ja, fast alle zumindest:

Ist grad echt nicht so toll für den Kevin gelaufen. Erst der Anschiss vom Killer-Miller wegen den Monn Scherri, und dann noch dieser missglückte Stunt! Echt ein saudummer Tag für ihn! Es lebe die ODA-Phase 2! Und alle meine Klassenkameraden haben endlich gecheckt, dass Kevin gar nicht so cool ist! Eigentlich zumindest …

Hey, hey, wer nicht hüpft, der ist ein Loser! Hey, hey ...!
Mei, san mia guad!
KEVIN!!!! Du bist der Wahnsinn!!!!
Olé, olé, olé oléééééé...
SIEGER! Wer ist hier ein Loser, ihr Deppen?!?
Uffff *Shit* *Umpfff*
Heee, Seppi, du kannst nichts dafür, Loser sein liegt in deiner Familie! Dei Muada klaut Trostpreise in der Losbude! Echt lolLig!

Oh Mann, das ist echt ein übelst blödes Ende der „SCHLACHT" gewesen. Keiner von uns hat mehr daran gedacht, dass wir ja das Hütchen hinter der Mauer beschützen hätten müssen. Aber zumindest hat der Kevin den Killer-Miller-Anschiss bekommen. Und ganz viele blaue Flecken und Schürfwunden. Da kann man diesen kleinen Schönheitsfehler in der ODA-Phase 2 auch ruhig mal vernachlässigen! Passt scho, würd ich sagen!

Freitag

Letzter Tag vor den Weihnachtsferien. Wie geil! Kein Lehrer hat uns mehr mit Unterricht gestresst, alle Schüler hatten irgendwelche Plätzchen oder Tee oder beides dabei. Manche Lehrer haben uns einfach einen Film anschauen lassen. Aber der Rammelmeyer hat doch tatsächlich gewollt, dass wir selbst mitgebrachte Gedichte von Weihnachten vorlesen.

Das coolste hat der Hansi dabeigehabt!

Das Gedicht hat mich irgendwie an meine Metzel-Oma erinnert. Weil sie doch an Kirchweih immer den Gänsen den Kopf abhaut. Voll lustig!
Aber den Rammelmeyer hat das Gedicht anscheinend an nichts erinnert. Denn der war ziemlich sauer auf den Hansi und hat ihm dann erklärt, dass er friedlichere Weihnachtstexte haben hätte wollen! Das hätte er aber vorher sagen müssen, find ich!
Bis dahin ist es aber trotzdem echt ein chilliger Tag gewesen. Doch dann hat der Spaß auf einmal ein Loch gehabt!

Seit dem etwas missglückten Krippenspiel hab ich nichts mehr mit dem Killer-Miller zu tun gehabt. Ich hab mir aber schon die ganze Zeit gedacht, dass er noch ein bisschen sauer auf mich ist. Weil ja das Krippenspiel nicht so geklappt hat, wie er das gewollt hat. Aber da war eigentlich nur die Schacke-Line schuld! Die hat mich ja schließlich geküsst, obwohl das gar nicht im Text gestanden ist. Trotzdem ist der Killer-Miller da etwas zu nachtragend! Ich versteh gar nicht, wie ich ihm wirklich mal den Titel „Chiller-Miller" geben hab können?!?

Aber dann ist alles wieder mal ganz anders gekommen!

Das ist ganz der alte Chiller-Miller gewesen. Voll freundlich! Und dann hat er mir einen Platz an seinem Schreibtisch angeboten. Ich bin mir fast vorgekommen wie ein Ehrengast! Hat ihm meine Vorstellung beim Krippenspiel doch gefallen? Steh ich immer noch unter seinem persönlichen „direktoralen Schutz" wie vor dem Krippenspiel?

Aber ich hab die Monn Scherri essen müssen! Sonst wär es echt unhöflich gewesen. Und ich hab ja auf keinen Fall den Miller wieder zum Killer machen wollen! Darum hab ich trotz meinem Ekel so ein Monn Scherri-Dingsbums genommen. Und hab hineingebissen!

DOCH DA!!! Da ist mir's plötzlich in den Kopf geschossen! Sozusagen wie Pfannkuchen von den Augen gefallen!

Der Killer-Miller hat die Monn Scherri mit Essig gefüllt. Der hat einen Anschlag auf mich gemacht! Der hat alles gewusst! Ich bin echt ziemlich verloren!

Mist!!! Das ist jetzt echt eine sau-sau-saudumme Sache gewesen! Und noch sau-sau-saudümmer war, dass ich keine Ahnung gehabt hab, wie ich da wieder rauskommen soll! Deswegen hab ich mich für die aus meiner Sicht einzig mögliche Lösung entschieden!

Irgendwie hab ich das Gefühl gehabt, dass der Killer-Miller mich nicht ganz ernst genommen hat. Für einen kurzen Moment hab ich deshalb gehofft, dass das ein gutes Zeichen sein könnte. Aber die Hoffnung ist schnell wieder weg gewesen. Denn der Killer-Miller ist innerhalb von 0,31 Sekunden vom Lachsack zum explodierenden Vulkan geworden.

Na ja, der Tipp 82 hat zwar eigentlich echt gut funktioniert gehabt. Aber für die Zukunft muss ich mir dringend merken, dass ich alle Tatgegenstände sofort verschwinden lasse. Dieses eine Mal ist es leider zu spät gewesen. Da hat der Kevin jetzt echt Glück gehabt! Aber meine Fleischer-Oma hat ja schon immer gesagt:

Da kann ich meiner Oma nur zustimmen! So blöd sind ihre Ratschläge gar nicht! Dann ist der Kevin halt nach den Weihnachtsferien dran! Und Ende Januar fahren wir ja sogar eine Woche ins Skilager – auch eine perfekte Möglichkeit zum „Schlachten"!

Heiligabend

Eigentlich find ich Heiligabend schon seit ein paar Jahren echt okay. Schließlich muss ich seitdem nicht mehr so tun, als würd ich noch an das Christkind glauben, und bekomme trotzdem coole Geschenke.

Aber heuer ist es echt ein saucooles Fest. Weil zum ersten Mal seit Ewigkeiten auch mein Opa kommen wird. Normalerweise ist er über Weihnachten immer irgendwo im Urlaub gewesen. In diesem Jahr aber nicht. Keine Ahnung, warum!

Wie jedes Jahr ist dann mein Vater zuständig gewesen, den Christbaum aufzustellen. Und wie jedes Jahr musste ich ihm dabei helfen. Dabei ist der Christbaum traditionell eine der tödlichsten Gefahren bei uns im Haus.

Seppis Knigge

Heute: Die top drei der Gründe, warum der Christbaum bei uns daheim zu einer lebensgefährlichen Bedrohung werden kann!

3. Platz: Zuspitzen und Entasten des Christbaums

2. Platz: Räuchermännchen Klaus unterm Christbaum

1. Platz:

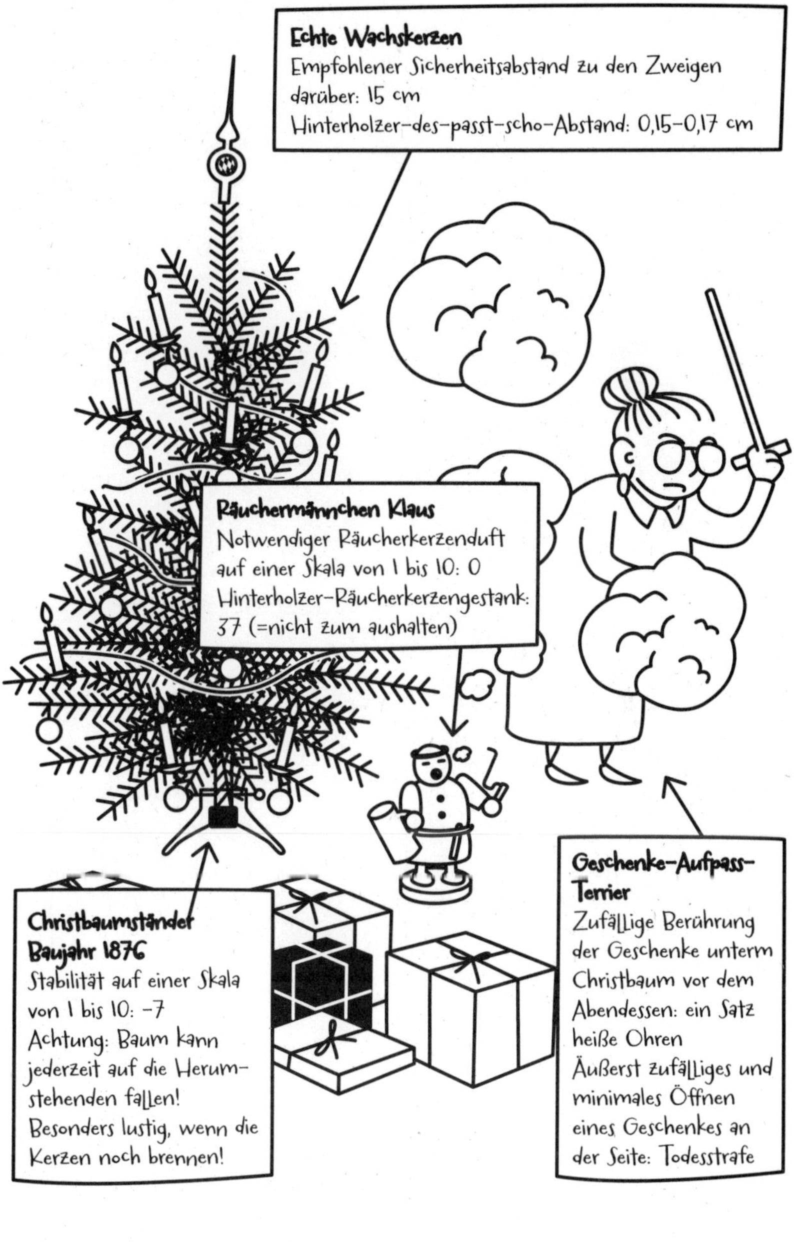
Echte Wachskerzen
Empfohlener Sicherheitsabstand zu den Zweigen darüber: 15 cm
Hinterholzer-des-passt-scho-Abstand: 0,15–0,17 cm
Räuchermännchen Klaus
Notwendiger Räucherkerzenduft auf einer Skala von 1 bis 10: 0
Hinterholzer-Räucherkerzengestank: 37 (=nicht zum aushalten)
Christbaumständer Baujahr 1876
Stabilität auf einer Skala von 1 bis 10: -7
Achtung: Baum kann jederzeit auf die Herumstehenden fallen! Besonders lustig, wenn die Kerzen noch brennen!
Geschenke-Aufpass-Terrier
Zufällige Berührung der Geschenke unterm Christbaum vor dem Abendessen: ein Satz heiße Ohren
Äußerst zufälliges und minimales Öffnen eines Geschenkes an der Seite: Todesstrafe

Trotz dieser großen Gefahren haben wir es alle bis zum Abendessen geschafft. Doch da hat eine ganz böse Überraschung auf uns gewartet. Mama und Vroni waren nämlich davor den ganzen Nachmittag zum Kochen in der Küche!

Kein Mensch will so ein Zeug an Heiligabend. Kein Mensch will überhaupt so ein Zeug essen. Ich hab mich echt die letzten Jahre nicht beschwert, obwohl meine Mama immer Bratwurst mit Sauerkraut gekocht hat. Sie hat sich immer geweigert, mal was anderes zu machen. Und ich hab ihr echt oft vorgeschlagen, doch mal was Neues auszuprobieren, zum Beispiel Schnitzel mit Pommes oder Döner oder beides oder einfach nur Chips.
Aber dass sie uns so was antut, hätt ich nie gedacht!

Weil der Abend also schon blöd angefangen hat, hat's danach auch nicht mehr wirklich besser werden können. Denn nach dem Essen müssen wir immer ungefähr 93 endsalte Weihnachtslieder singen.

An dem Singen muss man auch teilnehmen, sonst kriegt man danach keine Geschenke. Und es ist da auch egal, wie schlecht man singt und wie viel Lust man darauf hat. Letztes Jahr hab ich mal versucht, aus dieser Zwickmühle rauszukommen. Ich hab meiner Mama sogar sinnvolle Vorschläge gemacht.

Vroni spielt da beim Singen übrigens immer mit ihrer Blockflöte dazu. Das macht sie schon seit ungefähr 10 Jahren oder noch länger. Ich frag mich nur, warum sich das dann jedes Jahr immer genauso falsch anhört wie das Jahr davor.

Allerdings muss ich sagen, dass das Singen heuer gar nicht so schlimm war. Der Opa hat nämlich einen riesigen Topf Glühwein gekocht, und da hat er der Oma immer ordentlich was eingeschenkt. Und ich hab die alten Weihnachtslieder mal etwas aufgepimpt!

Während Lied 1 – 14:
Oh Tannenbaum, oh Tannenbaum, wie grün sind deine Blätter …
Oh Tannenbaum, oh Tannenbaum, der Opa sitzt im Kofferraum. Die Oma haut den Deckel zu, der Opa sagt: „Du blöde Kuh!" …
Trink, Zenzi, heut san mia uns guad!
Alfons, guad werdn mia uns nie! Aber trinken tun mia trotzdem!
Oooooohhhh Taaaaaanneeeeen-baum, ohohohohoh Taaaaaaaa…
Oh Tannenbaum, oh Tannenbaum, die Oma kotzt in Kofferraum! *Grins*

Während Lied 15 – 57:

Während Lied 58 – Ende:

Ich hab zwar eigentlich nie an das Gelaber von Liebe auf der ganzen Welt zur Weihnachtszeit geglaubt, aber Heiligabend heuer war schon eine krasse Geschichte. So harmonisch ist das ja fast noch nie bei uns gewesen.

Und dass der Opa, der Hund, die Oma wirklich mal ein bisschen zum Chillen bringt, ist echt der Wahnsinn. Der Wahnsinn waren dann auch meine Geschenke. Ich hab vier Karten für ein Spiel des FC Bayern im Februar bekommen, eine neue Playstation, dazu sieben Spiele, den FC-Bayern-Kalender fürs nächste Jahr, einen neuen Fußball und eine Schachtel von meinem Opa. Die hab ich aber noch nicht aufmachen dürfen.

Meine Schwester hat lauter Mädchenschmarrn gekriegt. Das Blödeste war ein Topmodel-Heft, bei dem man eigene Outfits für die Models entwerfen muss. Geht's eigentlich noch?!? Geht's eigentlich noch langweiliger?!? Wenigstens hab ich da seit langer Zeit mal wieder ein Gesprächsthema mit Vroni gehabt.

So ist dann der Heilige Abend recht chillig und zufriedenstellend zu Ende gegangen. Bald kann ich mal Opas Schachtel öffnen und die Steinschleuder ausprobieren. Irgendwie muss ich da wieder an den Kevin denken. Mal schaun, vielleicht krieg ich ja dadurch auch eine neue nützliche Idee für die ODA-Phase 3! Aber jetzt genieß ich erst mal die Weihnachtsruhe!

Silvester

Nach gefühlten 2352 Plätzchen und 138 Litern Kinderpunsch ist Weihnachten endlich rum. Oma und Opa haben sich nach Heiligabend übrigens wieder Vollgas angegiftet, also alles war wieder in Ordnung.
Und jetzt hat nach dem langweiligen Weihnachtsrumgehocke endlich wieder ein bisschen mehr Action kommen können. Opa hat mit mir noch einen Haufen Kracher gekauft. Ich habe ja keine mehr gehabt, weil ich die Reste vom letzten Jahr für den Adventskranz und meinen Tipp Nummer 20 geopfert hab. Opa ist beim Kracherkauf echt chillig!

Leider hat der Opa nicht über Silvester dableiben können, weil er dringend in die Sonne wollte, hat er gesagt. Und weil er sonst echt irgendwann die Oma und die Mama erwürgen müsste, wenn er noch dableibt, hat er auch gesagt. Und deshalb find ich es auch sehr sinnvoll, dass er dann lieber mal weggeflogen ist.

Coolerweise ist der Hansi heute Nachmittag zu mir gekommen. Und als es dann dunkel geworden ist, sind wir zusammen durch die Straßen gezogen. Bis oben hin bewaffnet mit vielen Böllern und Raketen.

So sind wir dann also zu unserem Silvestereinsatz losmarschiert, sozusagen zur Operation Oberknaller.

Diese haben wir aber nur machen können, weil mein Opa uns klare Anleitungen dazu gegeben hat. Deshalb sollte man das ohne die Hilfe eines Opas oder eines anderen coolen Hunds auf KEINEN FALL nachmachen. Gecheckt?!? Auf KEINEN FALL!!!!!

Für die Operation Oberknaller sollte man am besten immer im klassischen Elemente-Dreischritt vorgehen, sagt mein Opa: Wasser – Erde – Luft – Feuer!

Als ich ihm erklärt habe, dass das aber vier Elemente sind, hat er zu mir gesagt, dass ich nicht so ein kleiner Klugscheißer sein soll. Deswegen glaub ich, dass mein Opa sich dabei schon etwas gedacht haben könnte oder dass er einfach nur völlig verplant ist.

1. Schritt des Dreischritts: Wasser

Der Herr Fritte wohnt direkt ein paar Straßen weiter. Und er hat einen kleinen Teich in seinem Garten mit hässlichen orangenen Fischen drin. Da es heuer ja 10 Grad plus gehabt hat, war der Teich auch nicht zugefroren. Deswegen haben wir uns vor der Hecke zu Frittes Garten versteckt und haben von dort aus die großen China-Böller in den Teich geschleudert. Das Geniale ist nämlich, dass die auch unter Wasser explodieren, wenn man sie im richtigen Moment wirft!

Weil der Fritte dann irgendwann rausgekommen ist, haben wir uns fürs Aufhören und Davonlaufen entschieden. Er hat uns auch nicht verfolgt, weil er erstens viel zu alt ist, zweitens viel zu dick und drittens weil er sich anscheinend um die Wiederbelebung eines hässlichen orangenen Fisches kümmern hat müssen.

2. Schritt des Dreischritts: Erde

Nach diesem doch ziemlich hektischen Rückzug von der Fritte-Front haben wir uns für einen etwas ruhigeren Einsatz entschieden. Ich glaub, der Fritte hat sogar zum Weinen angefangen. Das ist echt mal voll peinlich. Und das alles nur wegen so einem hässlichen orangen Fisch! Na ja, vielleicht kann er ihn ja noch essen.

Da gerade der Jahresschlussgottesdienst in der Kirche gewesen ist, sind wir einfach mal dorthin gegangen. Mama und Vroni sind da natürlich auch gewesen.

Direkt vor dem Kircheneingang gibt es nämlich einen großen Gullideckel. Warum der da ist, weiß ich nicht, aber er ist halt da! Glücklicherweise haben wir von draußen auch gehört, dass der Pfarrer gerade wieder bei dem von meiner Mama so geliebten Predigen war. Also der ideale Zeitpunkt für den 2. Schritt!

Am Ende des Jahres blicken wir zu ... *KNALL* ... auf viele *PENG* ... schöne, aber auch ... *BUMM* ... traurige Au... *KNALL* ...gen... *PENG* ...blicke! Ja, Herrschaftszeiten ... *BUMM* ... Was ist da los?!?
Hopp, nei ins Loch!
Hoff ma mal, dass des keine Rohrkrepierer werden!
Das ist ja eine Unverschämtheit! Was gibt es für schlimme Menschen!
KNALL
PENG
BUMM
Tststs ...

3. Schritt des Dreischritts: Luft

Vorsichtshalber sind wir noch während der Predigt recht schnell gegangen, oder besser gesagt davongerannt. Weil da ja immer ein paar Leute bei den Kirchenbesuchern dabei sind, die ein bisschen unchillig wären, wenn sie uns erwischen würden. Deswegen sind wir dann zum Bioagrarökonom Hausnerbauer-Lenz gelaufen. Also zu dem, der früher bei uns den Nikolaus gemacht hat. Mir fällt grad so ein, dass ich gar nicht weiß, wer der Krampus da eigentlich bei uns immer war. Aber ist ja jetzt auch wurst!

Eigentlich sind wir nämlich auch nicht zum Hausnerbauern-Nikolaus gelaufen, sondern eher zu seinen Bio-Hühnern in den Garten. Hühner sind nämlich immer so richtige kleine Schisser. Und deshalb kann man super mit ihnen Totstellen spielen! Denn sobald die erschrecken, fallen sie in Ohnmacht und stellen sich tot. Ein paar Hühner sind aber besonders hartnäckig gewesen und haben sich erst nach vielen Versuchen totstellen wollen.

Put put put, ihr alten Hennen!
Wie geil: Hennen knallen! Schau ma mal, ob die auch die Eier nach oben legen können! *Grins*
Knall
BUMM
PENG

4. Schritt des Dreischritts: Feuer

Traditionell besuch ich am letzten Tag des Jahres auch immer meine Fleischer-Oma. Die ist nicht nur alt, sondern hat auch einen richtig alten Holzofen in ihrer Küche stehen. Der ist komplett aus Eisen und echt stabil ohne Ende. Aber ich glaub, als der Ofen gemacht worden ist, da gab es in Bayern noch einen König oder Mammuts oder beides oder noch nicht mal einen Computer.

Ich und der Hansi haben von der Fleischer-Oma dann einen Kaba bekommen und zur Abwechslung ein paar Monn Scherri dazu. Wie lecker!

Dann ist Oma aber mal kurz rausgegangen. Das war genau der Moment, auf den ich und Hansi gewartet haben. Wir haben sofort das Türchen des Holzofens aufgemacht und eine dicke Ladung China-Böller reingeworfen. Gerade als wir blitzschnell das Türchen wieder zugemacht haben, ist die Fleischer-Oma wieder reingekommen, und es ist so richtig abgegangen!

Dann war es aber auch recht schnell wieder rum. Aber meine Fleischer-Oma hab ich so noch nie erlebt. Die hat echt richtig Schiss gehabt! Was ihr aber sofort voll peinlich war. Darum hab ich der Fleischer-Oma ganz schnell hochgeholfen.

So ist es also echt ein super letzter Tag in diesem Jahr gewesen. Die Operation Oberknaller war ein voller Erfolg. Die Tipps meines Opas waren endsgenial! Der beste vierschrittige Dreischritt, den es je gegeben hat. So kann man gechillt ins neue Jahr rutschen!

JANUAR

Mittwoch

Nach den ganzen endsstressigen Feiertagen hab ich am Tag nach Neujahr endlich Zeit gehabt, um meine Steinschleuder auszuprobieren. Und vor allem, um die Munitions-Schachtel von meinem Opa aufzumachen. Weil wir ja noch Ferien hatten und den ganzen Tag Computerspielen ist ja auch irgendwann langweilig. Zumindest nach so ungefähr dreizehneinhalb Stunden. Die Schachtel von Opa war echt der Hammer. Da waren voll viele geniale Sachen zum Schießen drin. Das ist eigentlich keine Schachtel, sondern eine Schatzkiste.

Von meinem Fenster im ersten Stock aus hab ich dann meine Steinschleuder und die Munition testen können. Es war dabei echt von Vorteil, dass es seit gestern voLL viel geschneit hat.

<u>Seppis Knigge</u>

Heute: Die top drei der Gründe, warum es (für andere) lebensgefährlich sein kann, wenn mein Opa mir eine Schatzkiste mit Munition für meine Steinschleuder schenkt.

<u>3. Platz:</u> Kieselsteine – perfekt bei beweglichen Zielen

Folge:

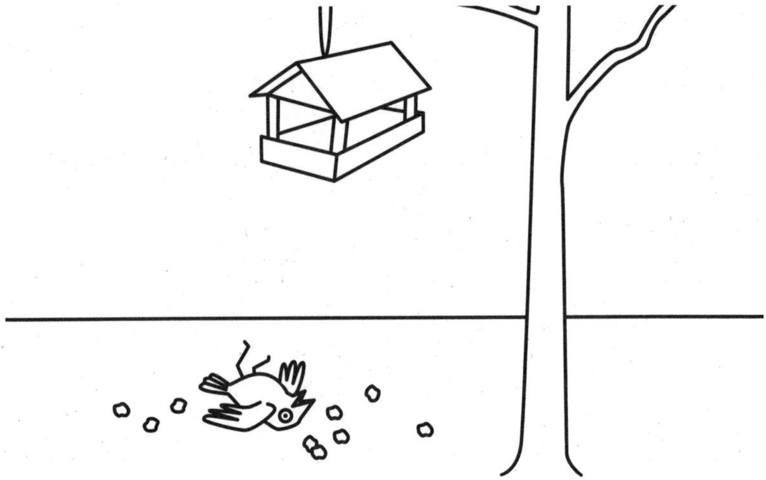

2. Platz: Tennisbälle – ideal für unbewegliche Ziele

Folge:

1. Platz: Kastanien – übelst gut für weit entfernte und bewegliche Ziele

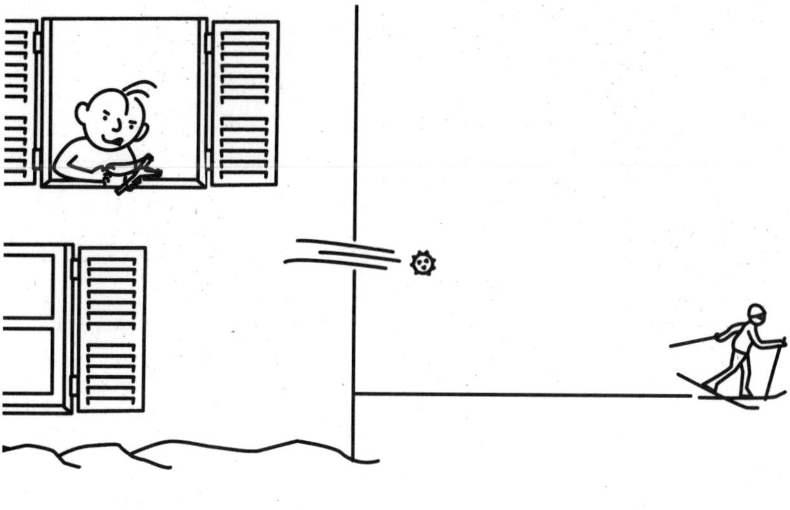

Folge:

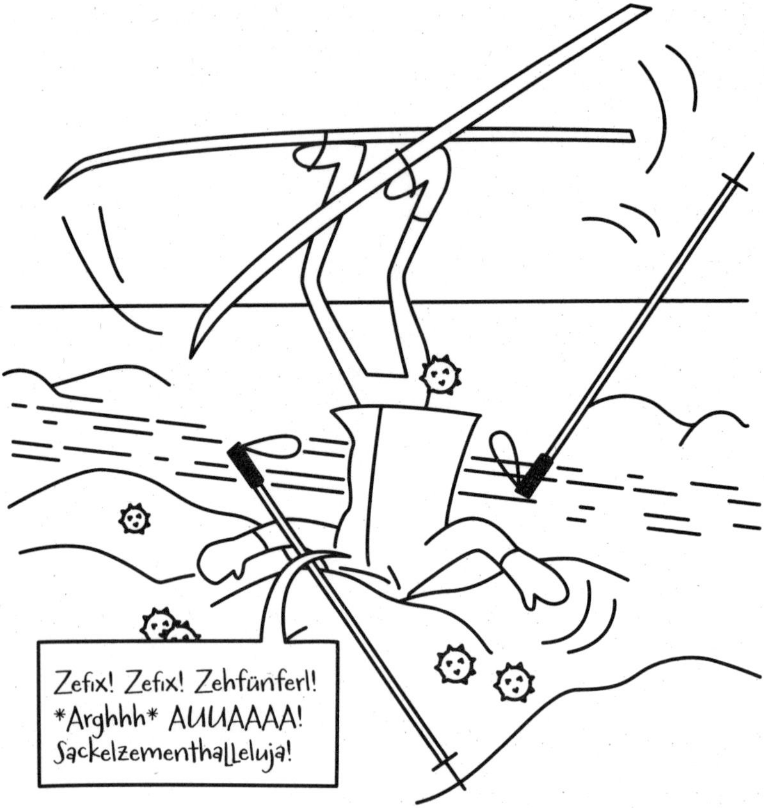

Irgendwoher ist mir das Schimpfen von dem Langläufer bekannt vorgekommen. Leider hab ich nicht genau gesehen, wer das war, weil er sich ja so dick in seine Mütze und seinen Schal eingewickelt hatte. Und danach hat er sich im Schnee versteckt! Aber ich muss schon sagen, die Munitionsschachtel vom Opa hat es echt sauber in sich!

Allerdings ist jetzt was Blödes passiert: Es hat geläutet! Was da vor der Tür auf einmal los war, Wahnsinn!!! Ich hab schon bis in mein Zimmer hoch einen Haufen Leute schimpfen gehört! Darum hab ich lieber mal meine Mutter an die Tür gehen lassen. Das war gar nicht so schlecht, glaub ich! Alles verstanden hab ich aber nicht!

Ich find das total unhöflich, dass die alle gleichzeitig geredet haben und keiner den anderen ausreden hat lassen.
Ich find, da hätte man schon ein bisschen mehr Anstand haben können. Und ich hätte dann auch ein bisschen mehr verstehen können.

Davon abgesehen war das gerade der übelst schlimmste Fall, der überhaupt eintreten hätte können. Ich versteh gar nicht, warum die sich alle so aufregen. Außerdem würd es mich echt interessieren, wie die rausbekommen haben, dass ich das alles war. Weil ich mein', das war ja eigentlich nicht zu erwarten, dass das irgendwer rauskriegt. Bis auf Vroni vielleicht, aber das Geheule von der nimmt ja meine Mutter normalerweise auch nicht so ernst.

Na ja, im Moment ist mir auf jeden Fall keine Möglichkeit eingefallen, wie ich mich aus den ganzen Sachen rausreden hätte können. Ein bisschen was hätte ich natürlich auf den schlechten Einfluss vom Hansi schieben können. Aber wahrscheinlich nicht alles.
Komischerweise ist es draußen plötzlich leise geworden.

Die Haustür ist zugemacht worden. Und dann hab ich gehört, wie jemand ganz langsam unsere Holztreppe hochkommt. Stufe für Stufe. Bei jedem Schritt hat sie geknarzt. Dann ist auf einmal quietschend meine Tür aufgeflogen. Und da stand meine Mutter im Türrahmen. Wütend! Wie ein wilder Stier!

Ich hab dann versucht, die Situation etwas zu entspannen. Aber irgendwie hat meine Mutter keinen Bock auf Entspannen gehabt.

Puh, das war ganz schön hart! Also ich mein, Hausarrest wär ja echt okay gewesen, aber was soll ich denn bitte daheim machen, wenn ich keine Computerspiele machen darf. Das war echt ziemlich undurchdacht von meiner

Mutter. Aber ich glaub, im Moment hätte ich sie von ihrem Fehler nicht überzeugen können. Darum hab ich mal lieber die Klappe gehalten!

Zumindest ist mir eingefallen, dass der Langläufer der Süßmayr-Ignaz war. Der ist Zweiter Bürgermeister bei uns und Vorstand vom Fußballverein. Und der war dann also bei uns immer der Krampus. Das hab ich nämlich am Fluchen gleich wiedererkannt.

Na ja, und jetzt muss ich mir also einen Plan überlegen, wie ich die ganzen Verbote umgehen kann. Aber ich glaub, das wird gar nicht so schwer …!

Heilig Drei König

Also die ersten zwei Tage nach Mamas vollkommen übertriebenem Verbotsausraster hab ich einfach mal in meinem Zimmer verbracht. Weil ich grad eh stundenlang da drin war, hätte es sich angeboten, in meinem Zimmer gleich mal aufzuräumen.

Aber so verzweifelt war ich dann auch wieder nicht! Und außerdem hat es eigentlich überhaupt nicht so schlimm ausgeschaut! Die nächsten Monate ist das absolut noch nicht nötig!

Außerdem liegen die meisten Sachen schon so lang kreuz und quer in meinem Zimmer rum, dass ich gar nicht mehr weiß, wo die eigentlich hinkommen würden. Und da wär natürlich die Gefahr viel zu groß, dass ich sie irgendwo hinleg und danach find ich die nicht mehr!

Dafür hab ich mir einen Plan überlegt, wie ich aus dieser blöden Lage wieder rauskomme. Eigentlich hatte ich diesen Plan recht schnell, aber ich hab warten müssen, bis der richtige Zeitpunkt gekommen ist. Denn der Plan hat nur klappen können, wenn meine Mama und meine nervige Schwester nicht daheim sind. Und da war's natürlich ideal, dass an Heilig Drei König ein endslanger Gottesdienst ist, zu dem Mama und Vroni hingegangen sind. Und schon hab ich meinen gigantischen Plan durchziehen können!

Mein Plan hat also wieder mal sensationell geklappt! Ich wollt dann zum Hansi gehen. Blöderweise sind mir allerdings die Heiligen Drei Könige mit ihrer Sternträgerin in den Weg gekommen oder, besser gesagt, sie haben mir in den Weg gekotzt. Die Sternträgerin war blöder-blöder-blöderweise die Uschi, die beste Freundin von meiner Mama.

Na toll, was für ein Mist! Ich hatte jetzt keine Chance, da rauszukommen. Wenn ich der Uschi nicht helfe, dann petzt die das sofort an meine Mutter, und dann ist meine Mutter wieder voll unausstehlich. Na super …!
Warum muss denn eigentlich ausgerechnet der schwarze König kotzen? Das ist ja mal wirklich der letzte Job in dem Faschingsumzug am 6. Januar! Mann, Mann, Mann …

Die Uschi hat mich allen Ernstes in das vollgekotzte Gewand reingesteckt. Und dann hab ich mir innerhalb von 2 Minuten und 13 Sekunden noch so einen doofen Spruch merken müssen. Und dann sind wir als Erstes gleich mal zum Hansi gegangen. Na super!!!

Dass mich der Hansi so gesehen hat, das kann ich grad noch verkraften. Aber viel schlimmer ist es ungefähr 30 Häuser später geworden. Ich hab das Haus vorher nicht gekannt. Aber jetzt werd ich es nicht mehr vergessen. NIE MEHR! Denn als die Tür aufgegangen ist, wär ich am liebsten im Erdboden versunken oder hätte mir diesen Unsichtbarkeitsmantel von Harry Potter gewünscht. Aber beides ist blöder-blöder-blöder-blöder-blödesterweise nicht gegangen! Denn die Tür gehört zum Haus der Machtlfingers! Es ist also KEVINS Haus!!! Und als ob das allein nicht schon schlimm genug wäre, hat er auch gerade noch Besuch gehabt!

Wie viel Pech kann man denn eigentlich haben?!?
Einer von den beiden hätte schon mehr als genug gereicht.
Aber beide zusammen?!?
Was will denn der Kevin, der Depp, eigentlich bloß immer mit der Schacke-Line?!?
Die beiden könnten ja als Deppen-Duett durch die Gegend ziehen und sich dabei immer zum Kasperl machen. Oder sie nehmen gemeinsam eine Hit-Single mit der Melodie von „Schni-schna-schnappi" unter dem Titel „Di-da-deppen sind wir alle zwei"! Oder am allerbesten, sie werden Filmstars. Dann drehen sie gemeinsam die Fortsetzung des Films „Dumm und Dümmer"! Oder von „Dick und Doof", wobei beide eigentlich doof sind und gar nicht so schlimm dick. Oder man könnte einen ganz neuen Film machen mit dem Titel „Könige der Deppen" oder „Deppinator".
Der ganze Tag war also vollkommen versaut! Irgendwann bin ich dann abends völlig fertig nach Hause gekommen. Mama hat schon wütend an der Tür auf mich gewartet. Aber da ist dann das einzige Gute heut passiert, denn die Uschi ist noch kurz mitgekommen!

Das Schlimme ist jetzt aber, dass die Ferien morgen wieder rum sind. Und dann werde ich Kevin wiedersehen. Ob er wohl was wegen heut sagen wird?!? Nein, das wird er sich nicht trauen! Ganz sicher nicht!!!!!!!!!

Montag

Heut war der mit riesigem Abstand schlimmste Schultag meines Lebens. Nein, ich glaub sogar, heute war der schlimmste Schultag, den es überhaupt jemals je irgendwo und für irgendwen gegeben hat. Weil heut hat Kevin tatsächlich versucht, mich fertigzumachen.

Sein Angriff kam aus dem Nichts! Völlig unerwartet! Ohne Chance, mich zu wehren! Und völlig ohne Grund! Ich hab mich ganz normal in der Früh auf meinen Platz gesetzt. Ich hab an nichts Böses gedacht. Doch als der Rammelmeyer in der ersten Stunde die Tafel aufgemacht hat, stand es da!

Wie hat er sich das trauen können, dieser Kevin! Wir hätten echt friedlich zusammenleben können, aber mich so zu schocken!! Echt übel!

Aber ich wollt's ihm sofort heimzahlen! Und hab natürlich dem Rammelmeyer die Antwort auf seine Frage gegeben.

Bitte was?!? Der Rammelmeyer, der Depp, gibt mir eine Strafarbeit, obwohl ich das Opfer bin? Sind denn jetzt alle verrückt geworden?!?
Ich hab mich dann auf meinem Stuhl ganz leise verhalten. Ich hab gewusst, dass ich im Moment da nichts dran ändern konnte. Ich wollte den Kevin deshalb einfach mal ignorieren.
Aber was dann in der ersten Pause passiert ist, war wirklich unglaublich!

Also ich muss sagen, der Kevin hat da wirklich heftige Geschütze aufgefahren. Keine Ahnung, wie er es geschafft hat, dass ich den Zettel auf meinem Rücken nicht gemerkt hab. Puh, und ich wollte den Tag nach den Weihnachtsferien einfach mal ruhig starten. Ich hab mir schnellstmöglich einen Gegenschlag überlegen müssen.

Deswegen hab ich mir einfach mal gedacht, ich schreib genau so einen Zettel für ihn wie er für mich.

Diese Idee war ja mal so richtig unerfolgreich. Und außerdem haben die Lehrer wohl echt einen Vogel. Wann soll ich denn die ganze Strafarbeit abschreiben? Da brauch ich ja Stunden! Eigentlich brauch ich ja schließlich jede freie Minute, um mir das Vorgehen für die ODA-Phase 3 zu überlegen. Irgendwie ist seit ein paar Tagen echt der Wurm drin! Und dann hat mich der Kevin auch noch in der Pause zugelabert!

Am Anfang war er nur nervig, der Kevin! Schön langsam wird er aber richtig übelst nervig! Ich brauch dringend einen Einfall für die nächste ODA-Phase. Problem ist, dass ich auf keinen Fall erwischt werden darf! Weil der Killer-Miller läuft so neben der Spur, dass er mich dann vielleicht nicht mit zum Skikurs Ende Januar fahren lässt. Als ich aus der Pause gekommen bin, hat sich die Situation allerdings noch einmal deutlich verschärft! Kevin hat meine Schultasche mit Wasser gefüllt und Schiffchen darauf fahren lassen!

Dienstag

Es war klar: Wenn ich das nächste Mal in die Schule gehe, brauche ich einen Gegenschlag gegen Kevin, der sich gewaschen hat! Der unvergleichlich gigantisch ist!!!!!!!!!

Saublöd ist nur, dass mir nichts Gescheites einfällt! Ich bin einfach noch viel zu erschüttert von Kevins Unverschämtheit. Ich war ja bisher echt eigentlich ziemlich nett zu ihm. Und wie dankt er mir das?!?

Jetzt hat er mich wirklich richtig wütend gemacht!
Er hat einen Gegenschlag verdient, der alles bisher Dagewesene übersteigt. Und dann werde ich mich über ihn lustig machen! Und ICH werde dann alles LOLLIG finden! ICH!!! Nicht ER!

Aber trotzdem bleibt das Grundproblem bestehen:
Mir fällt nichts Gescheites ein! Deswegen hab ich heute dringend wieder mal meinen Ratgeber anwenden müssen!

Denn der Tipp Nummer 26 ist genau für solche Fälle gemacht. Das ist nämlich der „Wenn-dir-kein-guter-Gegenschlag-einfällt-dann-einfach-mal-die-Klappe-halten-und-verpissen-Tipp".

Dazu hab ich mitten in der Nacht aufstehen müssen. Dann hab ich mir sämtliche warmen Kleidungsstücke geholt.

So angezogen hab ich mich dann wieder unter meine Bettdecke gelegt. Und noch unter eine zweite. Und eine dritte. Und eine vierte.

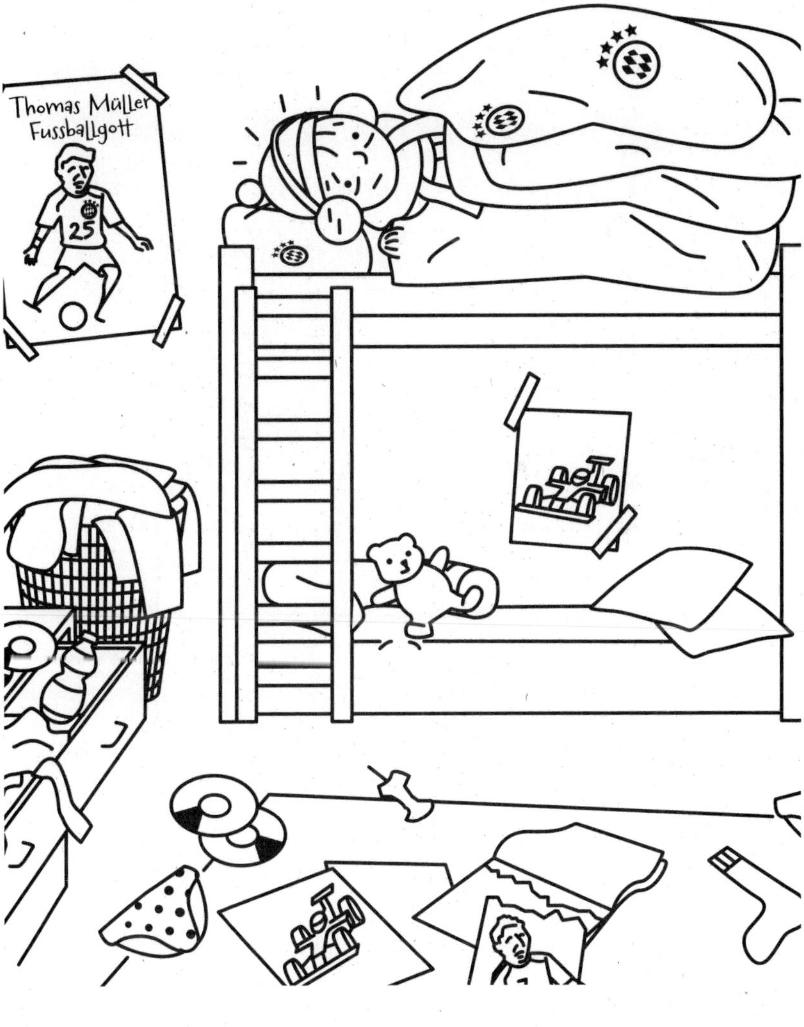

So hab ich dann ungefähr 30 Minuten und 142 Sekunden bleiben müssen. Bis die warme Kleidung und die warmen Decken ihre ganze Wärme voll entfaltet haben. Aber der allerwichtigste Schritt ist dann gekommen: Ich hab von meinem Nachtkästchen die Kerze und das Fieberthermometer genommen. Die hab ich da davor schon hingelegt gehabt. Und dann hab ich echt endsviel Gefühl gebraucht. Denn wenn ich jetzt einen Fehler gemacht hätte, dann wäre der ganze Tipp kaputt gewesen.

Und wenn das Thermometer durch das Erhitzen mit der Kerze auf um die 39 Grad gestiegen ist, kommt es echt auf Schnelligkeit an:

Ich hab dann nämlich sauschnell die Kerze ausblasen müssen! Dann sausauschnell die Kerze verstecken! Dann sausausauschnell sämtliche Klamotten und Decken unter meine eigentliche Bettdecke reinstopfen! Und dann sausausausausausauschnell nach meiner Mutter rufen! Natürlich mit übelst heiserer Stimme. Ideal ist da auch noch gewesen, dass ich mir die Nase zugehalten hab!

Und so bin ich also zu einem Tag Schulfrei gekommen. Weil meine Mama mich natürlich nicht schwer grippekrank in die Schule schicken hat wollen.

Meine Genialität zeigt sich aber wieder mal in einer wichtigen Kleinigkeit dieses Tipps! Denn wenn man ein Thermometer über die Kerze hält, dann steigt es ja schließlich. Wenn man es aber zu lang drüberhält, dann steigt es über 40 Grad. Dann würde Mama mich sofort zum Arzt schleifen. Wenn man es zu kurz drüber hält, dann sind's vielleicht nur 38 Grad. Dann würd Mama die Schwere meiner Krankheit nicht verstehen und mich in die Schule schicken. Aber bei ungefähr so um die 39 Grad, da ist genau die richtige „Ohne-Stress-schulfrei-Temperatur"! Wieder einmal echt sensationell, mein Tipp!

Wenn da nicht ein kleiner Zusatz gewesen wär, den ich blöderweise nicht bedacht hab. So ein Mist!
Wie konnte mir das passieren?!? Dass ich daran nicht gedacht hab?!?

Oh Mann, ich bin so ein Depp! So ein RIESENDEPP!!! Wie hat mir dieser Fehler nur passieren können! Das hätte ich doch wissen müssen!!!!

Seppis Knigge

Heute: Die top drei der Gründe, warum es lebensgefährlich ist, wenn die Fleischer-Oma einen bei einer Grippe gesund pflegt!

3. Platz:

Wännchen mit kochend heißem Apfelessig und verfeinert mit Zwiebelstücken

Anwendungsgebiet:
Zum Inhalieren und Gurgeln

2. Platz:

Altes, nach Pommes und Schnitzel stinkendes Ekelschmalz von Fleischer-Omas Metzger

Anwendungsgebiet:
Auf die Brust und auf die Waden

1. Platz: Die ganz sicher lebensgefährlichste Krankenpflege aller Zeiten

Freitag

Heute hab ich endlich wieder in die Schule gehen dürfen. Oma hat zwar vorgestern schon gemerkt, dass ich kein Fieber mehr gehabt hab. Aber natürlich hat sie gedacht, dass das wegen ihrer gigantisch guten Hausmittel ist. Deswegen hat sie mich noch länger daheim schonen wollen. Wenn ich heute nicht wieder zur Schule hätte gehen dürfen, dann, glaub ich, wär ich wirklich richtig krank geworden. Von den ganzen Mitteln meiner Fleischer-Oma natürlich!

Die Angst vor einem neuen Wundermittel meiner Oma hat schließlich auch über die Angst gesiegt, ohne guten Gegenschlags-Plan dem Kevin zu begegnen. Denn leider ist mir kein echt guter Plan eingefallen. Vielleicht hat das daran gelegen, dass meine Oma ungefähr alle zweieindreiviertel Minuten in mein Zimmer gekommen ist und gefragt hat, ob's mir gut geht, ob ich was brauche oder ob ich auch genug Tee trinke. Wie soll man da denn bitte seine ganze geistige und einfallsreiche Überlegenheit in einen guten Gegenschlags-Plan stecken können?!?

Ich hab also in meinem Kopf eine Fleischer-Oma-Blockade gehabt.

Aber heute in der Schule ist dann alles wieder ganz anders gekommen. Der Kevin hat mich nämlich einfach voll …

IGNORIERT! Was ist das denn schon wieder für eine Unverschämtheit gewesen?!? Der hat einfach so getan, wie wenn ich Luft wär!

Oh wie ich diese „Dei Muada"-Witze hasse. Wie kann man denn über so einen Mist lachen! Wahnsinn! Aber so hab ich mir zumindest meinen Gegenschlags-Plan überlegen können. Und der ist jetzt echt sensationell geworden. Das hat er auch werden müssen, weil wenn er nicht sensationell geworden wär, dann würd vielleicht der Killer-Miller mich und Hansi erwischen. Und dann würd er mich vielleicht nicht mit in den Skikurs fahren lassen. Natürlich nur, wenn er mir nicht glauben würd, dass an der ganzen Kevin-Sache nur der Hansi schuld ist. Aber das Risiko wär einfach viel zu groß. Aber bei diesem Gegenschlags-Plan ist dieses Risiko völlig ausgeschlossen!

Ach ja, nachdem ich ja diese Woche ein bisschen daheim war, hab ich erst heute mit den Sozialstunden beim Bleibimhaus anfangen können. Die hab ich doch machen müssen wegen der blöden Monn-Scherri-Geschichte, wo sich der Killer-Miller so aufgeregt hat. Der Bleibimhaus hat dann auch echt ein bisschen unlocker angefangen, muss ich sagen!

Faszinierend am Bleibimhaus ist echt, wie viel der an Flüssigkeit während dem Reden hinausspucken kann. Da kann man sich schon fast die Dusche sparen!

Auf jeden Fall hat der Hausmeister da ein bisschen unchillig angefangen, der Bleibimhaus. Aber ich glaub, das hat er ganz schnell selber gemerkt. Schließlich sind wir zwei ja schon fast richtige Kumpels! Weil ohne die Hilfe von mir und Hansi wär der Christbaum nie bei uns in der Aula gestanden! Das ist ihm dann auch wieder eingefallen, glaub ich!

So find ich diese Sozialstunden echt in Ordnung! Ich glaub, die krieg ich ohne Probleme rum!

Der übernächste Montag – Beginn des Skikurses

Die letzten zehn Tage waren echt voll langweilig in der Schule. Keiner hat mehr irgendwas angestellt. Weil jeder hatte Angst, dass ihn Killer-Miller als Strafe vom Skikurs daheim lassen würd. Deswegen war's echt wichtig, dass heute der Skikurs losgegangen ist. Ich glaub, in meiner ganzen Schulzeit waren ich und meine Klassenkameraden noch nie so brav und leise und schleimend und höflich und nett wie in diesen zehn Tagen!

Voll bepackt sind wir heut in der Früh zur Bushaltestelle gekommen. Im Gepäck hatte ich nagelneue Ski, einen gerammelt vollen Koffer, eine noch gerammelter volle Tüte mit Süßigkeiten und Chips, ein kleines, unauffälliges braunes Schächtelchen und „DEN PLAN" für die ODA-Phase 3 – denn schließlich muss die Operation Deppenabwehr jetzt zu ihrem Höhepunkt kommen. Nach dieser Woche muss der Kevin wissen, wer der Coolste ist. Auch wenn der Start heut an der Bushaltestelle dann doch ein bisschen danebengegangen ist!

Mein Glück war aber, dass der Kevin da noch nicht da war. Sonst wär der Skikurs für mich schon gelaufen gewesen. Ich wär ja so schon am liebsten im Erdboden versunken. Was geht denn bitte im Kopf von Müttern vor?!? Haben die überhaupt kein Einfühlungsvermögen wie normale Menschen?!? Ich bin echt voll das Mutter-Opfer!

Da ist der Kevin noch nicht da gewesen. Zum Glück! Obwohl, sein Auftritt danach war echt endspeinlich!

Seine Mutter sagt „KEY" zu ihm?!? Aber ich muss zugeben, dass sie gar nicht so übel ausschaut! Eigentlich ist sie sogar richtig scharf. Aber sie ist Kevins Mutter, das heißt, sie ist die Mutter des Feindes, die Mutter allen Übels, die Mutter des Oberdepps! Andere Gefühle für sie kann ich mir nicht leisten – zumindest im Moment nicht! Und Kevins Spitzname geht ja wohl überhaupt nicht!

Da es ja grad eigentlich nicht mehr schlimmer kommen konnte, sind genau in diesem Augenblick die Begleitlehrer aufgetreten. Wie vier Actionhelden, die gerade zur Erfüllung ihres Auftrags losmarschieren.

Ich und Hansi haben natürlich wissen müssen, wer beim Skikurs neben Kevin unsere Hauptgegner sind! Deswegen haben wir uns im Vorfeld ganz genaue Profile dieser vier Möchtegern-Actionhelden erstellt. Denn wer die Gegner genau kennt, der kann auch mit ihren Angriffen problemlos umgehen.

Name: Ludwig Hitzl
Codename:
Der BLITZ
Gewöhnlicher Einsatzort:
Sessel im Sportlehrerzimmer
Ausrüstung:
Geheimwaffen:
Hockeyschläger,
extremes Schnarchen
Gefährlichkeit:

Name: Susi Weidner
Codename:
SEXY SU
Gewöhnlicher Einsatzort:
Musiksaal
Ausrüstung:
Geheimwaffen:
Enge Kleidung, heiße Kurven,
bezauberndes Lächeln
Gefährlichkeit:

Name: Elisabeth Runzheimer-Schimmel
Codename:
MISS RUNZEL-HEX
Gewöhnlicher Einsatzort:
Am Lehrerpult
Ausrüstung:
Geheimwaffen:
Mundgeruch, Kreischstimme, Englischlexikon
Gefährlichkeit:

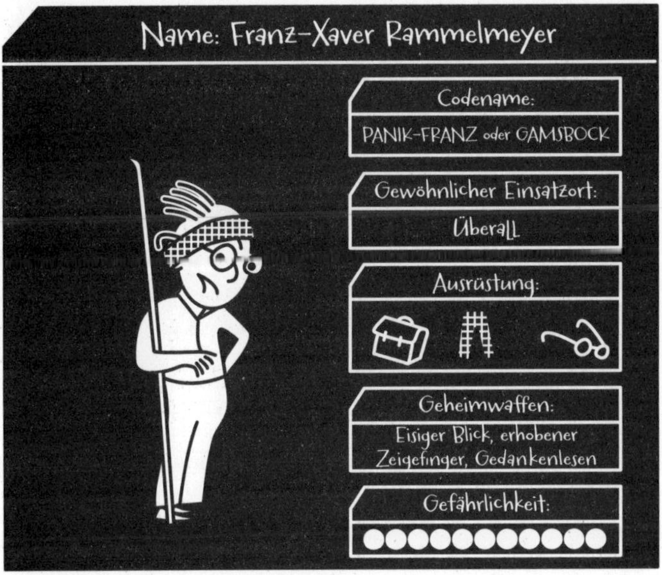
Name: Franz-Xaver Rammelmeyer
Codename:
PANIK-FRANZ oder GAMSBOCK
Gewöhnlicher Einsatzort:
Überall
Ausrüstung:
Geheimwaffen:
Eisiger Blick, erhobener Zeigefinger, Gedankenlesen
Gefährlichkeit:

Da wir also wussten, wer unsere Feinde auf Lehrerseite werden könnten, haben wir uns gemütlich in den Bus setzen können. Zum Glück haben wir so einen coolen Vierersitz bekommen. Und dann ist's endlich losgegangen. Zuerst hat mal der Busfahrer eine Ansprache gehalten

Der Busfahrer Johnny hat echt ein bisschen einen seltsamen Humor gehabt. Aber na ja, wird schon werden! Auf jeden Fall hab ich mir extra für die dreistündige Fahrt in die Berge einen ganz besonderen Tipp überlegt. Das ist der „Eine-stundenlange-Busfahrt-muss-echt-nicht-langweilig-werden-Tipp". Übrigens der Tipp Nummer 48 in meinem sensationellen, aber noch nicht veröffentlichten Ratgeber.

Am Anfang ist es da sehr wichtig gewesen, dass man alle Leute möglichst stark ablenkt. Ich, der Hansi, der Luis und der Leon können mal so richtig überhaupt nicht singen. Dafür aber können wir extrem laut und extrem falsch grölen, was eigentlich für den Tipp 48 noch sinnvoller ist.

Meine Klassenkameraden haben das Herumgrölen voll geil gefunden und haben sofort voll mitgemacht. So ist dann im Bus eine endsgeniale Stimmung aufgekommen. Die Leute sind halt echt alle übelst manipulierbar!

Natürlich haben nur die meisten meiner Mitschüler mitgemacht und nicht alle. Drei tanzen halt immer aus der Reihe. Aber das war sogar gut so! Denn dann hab ich wenigstens kein schlechtes Gewissen haben müssen, wenn ich diese als Haupt-Versuchskaninchen für meinen Tipp 48 verwendet habe.

Oh wenn der Kevin gewusst hätte, dass das alles nur ein Ablenkungsmanöver gewesen ist. Ein Ablenkungsmanöver, um die Phase 3 der Operation Deppenabwehr einzuläuten!

ODA-Phase 3 – Zieh dich warm an, Kevin! ES GEHT LOS!!!

Ich hab nämlich gewusst, dass die Lehrer von unserer Gesangseinlage nicht wirklich begeistert sein werden. Und natürlich sind der „Panik-Franz" und „Miss Runzel-Hex" voll drauf reingefallen.

Natürlich lässt sich eine grölende Schülermeute nicht so einfach von ein paar Lehrern beruhigen. Und deswegen haben der Panik-Franz und die Runzel-Hex durch die Reihen gehen müssen, um die anderen leise zu kriegen.

Ich hab mich aber schon wieder völlig unauffällig und ruhig verhalten. Und als die beiden mir den Rücken zugewandt haben, ist dann mein kleines, unauffälliges braunes Schächtelchen zum Einsatz gekommen.

Und dann hat's endlich losgehen können. Ich hab den Deckel heimlich heruntergemacht, und damit ist die wirkliche Busparty losgegangen! Vor allem dem Kevin hat's dann übelst viel Spaß gemacht! Denn der Inhalt meiner Schachtel hatte es echt in sich!

Es hat also doch Vorteile, wenn man eine Oma hat, bei der man im Keller Tausende von Spinnweben und Spinnen findet. Das ist bei der Fleischer-Oma nämlich so. Eigentlich hat sie im Keller schon fast eine Ganzjahres-Spinnenzucht!
Aber wie peinlich ist denn bitte Kevins Auftritt! Welcher Junge hat denn so viel Angst vor Spinnen?!? Gut, vom Merlin war's zu erwarten, aber vom Kevin?!?
Dann ist aber was passiert, was eigentlich noch cooler war als Kevins Weichei-Auftritt!

Genial, wie die Miss Runzel-Hex abgegangen ist. Aber irgendwie auch ein bisschen peinlich, dass die Lehrer wirklich Du zueinander sagen. Wär schon ein süßes Paar, die Lisbeth Runzel-Hex und der Panik-Franzl!
Besser hätte also mein Tipp 48 gar nicht funktionieren können. Na ja, zumindest fast! Denn eine ist natürlich wieder völlig neben der Spur unterwegs!

Na, meine süße Kleine! Da musst du keine Angst haben! Die doofen Menschen schreien nur wieder so laut! Die wollen dir wirklich nichts tun! *Streichel* *Kuschel* *Bussi*

Die Ankunft im ODA-Hauptquartier

Pension „Zum fidelen Hausl" im Zillertal

Schacke-Line hat danach alle Spinnen aufgesammelt und liebevoll in eine Schachtel gelegt. Dafür hat sie von Miss Runzel-Hex ein Extralob bekommen. Und dann waren wir auch schon an unserer Pension. Der Panik-Franz hat uns erklärt, dass die Pension „Zum fidelen Hausl" heißt und dass „fidel" so viel heißt wie lustig und dass „Hausl" Hausmeister bedeutet. Ob der Hausmeister das allerdings lustig gefunden hat, dass er eine richtige Bruchbude als Haus hat, weiß ich nicht. Denn die ganze Pension hat echt voll alt ausgeschaut. Aber irgendwie war das eigentlich schon wieder endscool!

ODA-Phase 4 – Das Endlevel

Nach der kurzen ODA-Aufwärmphase im Bus mit den Spinnen steht jetzt einer ganzen erfolgreichen ODA-Woche nichts mehr im Weg. Fünf Tage hab ich jetzt Zeit, um dem Kevin klarzumachen, wer der Chef ist. Ich hab einige echt geniale Pläne. Aber der Hitzl hat den Anfang in meinem ODA-Hauptquartier völlig verbockt!

Luis und Leon sind echt so peinlich! Und außerdem checken sie überhaupt nicht, was das bedeutet! Wir sind im Zimmer mit Kevin und Merlin! Fünf Tage!

MIT MERLIN! UND MIT KEVIN!!!!!

Offensichtlich haben sich Kevin und Merlin auch das Gleiche gedacht. Na wenigstens da haben sie mal Ahnung! Wir haben dann sofort gemeinsam versucht, den Hitzl von dieser üblen Fehlplanung zu überzeugen!

Der Hitzl hat sich nicht überzeugen lassen wollen. Was für eine Kacke! Wahrscheinlich weil der Merlin ein bisschen zu viel aufgefahren hat!

Aber wie soll ich nur jetzt in Ruhe die Durchführung des ODA-Endlevels vorbereiten?!? Na ja, diesen Kampf hab ich vielleicht verloren, aber das ODA-Endlevel werde ich auf jeden Fall gewinnen!

Bevor wir allerdings unser Zimmer beziehen haben dürfen, haben wir alle im Gruppenraum antreten müssen. Der Raum hat übrigens fast so ausgeschaut wie Omas Keller. Überall Spinnweben, alte vergilbte Vorhänge und Stühle mit Tausenden von Ekelflecken und Kaugummiresten! Dort hat uns dann der Mann begrüßt, dem das ganze ODA-Hauptquartier gehört. Eigentlich hab ich ja gedacht, das ist der „fidele Hausl", aber da hab ich mich sauber getäuscht, wie ich sehr schnell gecheckt hab!

Mit lustig und fidel hat dieser Herr Haider mal echt nichts zu tun. Aber ehrlich gesagt, hab ich sein ganzes Gerede schon fast wieder vergessen. Denn wir haben danach endlich in unser Zimmer gehen können. Bei der Bettenverteilung war Hansi aber übelst unchilLig!

Diesen Spruch hätte sich der Kevin aber sparen sollen. Denn das haben ich und der Hansi uns nicht gefallen lassen! Für diesen Fall hab ich nämlich genau das Richtige dabei!

Als ich in der Woche vor dem Skilager das ODA-Endlevel geplant hab, war der Kauf von Frauendeo die Nummer EINS auf meiner Einkaufsliste. Denn Frauendeo ist eine der schlagkräftigsten Waffen gegen Deppen.
Und wann hätte man sie denn besser einsetzen können als jetzt?!?

Allerdings muss ich zugeben, dass ich nicht alle Auswirkungen der Deo-Operation wirklich durchdacht hab. Am allerwenigsten hab ich natürlich damit gerechnet, dass der Merlin wirklich ein volles Kameradenschwein ist und sofort zu den Lehrern läuft. Zum Glück hat er gerade nur die Frau Weidner erwischt. Aber sogar die war dann echt ein bisschen unlocker. Nur weil der Merlin so doof ist und alles verpetzt! Eigentlich wär doch alles schon wieder geklärt gewesen. Aber nein, so hat die Frau Weidner da echt noch mal einen Riesenaufstand gemacht!

Die Auswirkungen der DEO-Operation:

Die Frau Weidner war übelst erbarmungslos! Und das Schlimme war: Sie war sogar dabei noch immer sexy! Aber wie hat sie mir das antun können?!? Es hätte doch eigentlich schon gereicht, dass ich in dem stinkenden Zimmer schlafen muss. Den Gestank hätten wir doch eh nie bis abends rausgekriegt. Aber dann muss ich auch noch in Merlins ekelhaft nach Mädchen stinkendes Bett! UNTER KEVIN!!!!

Und es ist mindestens genauso schlimm, dass der Hansi dadurch mein oberes Bett bekommen hat. Denn der Merlin hat ja Höhenangst, die Pfeife! Also ist der freiwillig wieder nach unten gegangen und hat Hansi das Hochbett kampflos überlassen! Das hätte jetzt nicht auch noch sein müssen.

Aber ich bin ja nicht zum Rumheulen im Skilager, sondern eigentlich auch ein bisschen zum Skifahren. Allerdings sind wir heute gar nicht mehr gefahren. Weil es schon so spät war und weil wir ausgeruht am nächsten Tag starten sollten.

Statt Skifahren sind wir dann wieder in den Gruppenraum gegangen. Denn da hat es Essen gegeben. Zumindest hat der unlustige Onkel Fritz, so haben wir den Herrn Haider ab sofort genannt, das behauptet. Aber das Essen war voll eklig. Irgendwie sollten das Nudeln sein, ich glaub mit Tomatensoße. In der Soße drin waren da aber lauter so Ekelboller. Hansi hat behauptet, das ist Hackfleisch, aber der hat keine Ahnung! Das Zeug hat echt keiner essen können, da waren nicht mal Pommes dabei. Die hätten doch auch einfach Döner machen können.

Da hat sich mal wieder gezeigt, dass die Lehrer echt alles essen. Reine Essensvernichter! Und außerdem hat das echt so ausgeschaut, als ob die zusammen Spaß hätten.

Ich meine: HALLO?!? Wie kann man denn mit Lehrern Spaß haben? Das sind doch wohl die schlimmsten und unlustigsten und seltsamsten Lebewesen auf der ganzen Welt! Ach ja, und dem Hansi hat der Fraß natürlich auch geschmeckt!

Nach dem Essen hab ich dann richtig Hunger bekommen. Weil ich ja das Essen nicht essen hab können. Zum Glück hab ich genügend Chips und Gummibärchen dabei. Da hab ich dann wenigstens was Gescheites essen können. Also da muss der unlustige Onkel Fritz aber morgen schon mal was anderes auf den Tisch bringen. So viele Süßigkeiten hab ich nämlich dann auch nicht dabei, dass ich mich komplett selbst versorgen kann! Aber nach meinem Zusatzessen war ich auch bereit für den Spieleabend, den wir heute Abend machen mussten!

Aber nicht nur Rammelmeyers Idee mit dem Spieleabend war bescheuert. Sondern auch die Spielauswahl von ihm war absolut unakzeptabel. Wenn wir schon spielen müssen, dann hätten wir ja wenigstens gegeneinander Nintendo 3DS oder PSP zocken können. Ist zwar nicht so cool wie mit der richtigen Playstation, aber doch zumindest besser als nichts.

War aber wieder mal klar, dass der Rammelmeyer einen Blödsinnsvorschlag macht: Reise nach Jerusalem! Und er hat nicht mal Widerspruch zugelassen. Dann haben wir den Babyschmarrn halt gespielt. Aber eigentlich ist das dann nicht die „Reise nach Jerusalem" geworden, sondern das war eher der „Kampf um Jerusalem".

Der Kevin hat echt voll unfair gespielt. Der hat mir ungefähr dreißigmal das Bein gestellt. Und gezwickt hat er mich auch! Und an den Haaren gezogen! Voll das Mädchen, echt! Mir ist es fast so vorgekommen, als hätte er sich an mir rächen wollen wegen der DEO-Gaudi. Aber das wär mal richtig blöd, weil ich ja der bin, der am schlimmsten unter der DEO-Sache leidet. Denn ich muss ja in dem Stinkbett schlafen. Aber gewonnen hat der Kevin nicht. Trotz dieses Kameradenschweinverhaltens!

Nach diesem peinlichen Spieleabend mussten wir dann alle ins Bett gehen. Das ist echt so fies. Wir haben überhaupt keine Zeit gehabt, um das zu machen, was wir gerne machen würden. Was ich gerne machen würde, weiß ich nicht genau! Aber da würde mir sicher was einfallen, wenn ich die Möglichkeit dazu hätte!
Punkt 22 Uhr haben wir dann im Bett liegen müssen.
Der Hitzl ist zur Zimmerabnahme reingekommen.

Herr Hitzl hat sich wirklich darauf verlassen können! Nämlich darauf, dass wir nicht vorhatten, unser Versprechen zu halten. Weil wir ja schließlich viel zu fit waren, um jetzt schon zu schlafen! Sicherheitshalber haben wir aber eine fünfminütige Schweigeminute eingelegt, bevor wir wieder losgelegt haben!

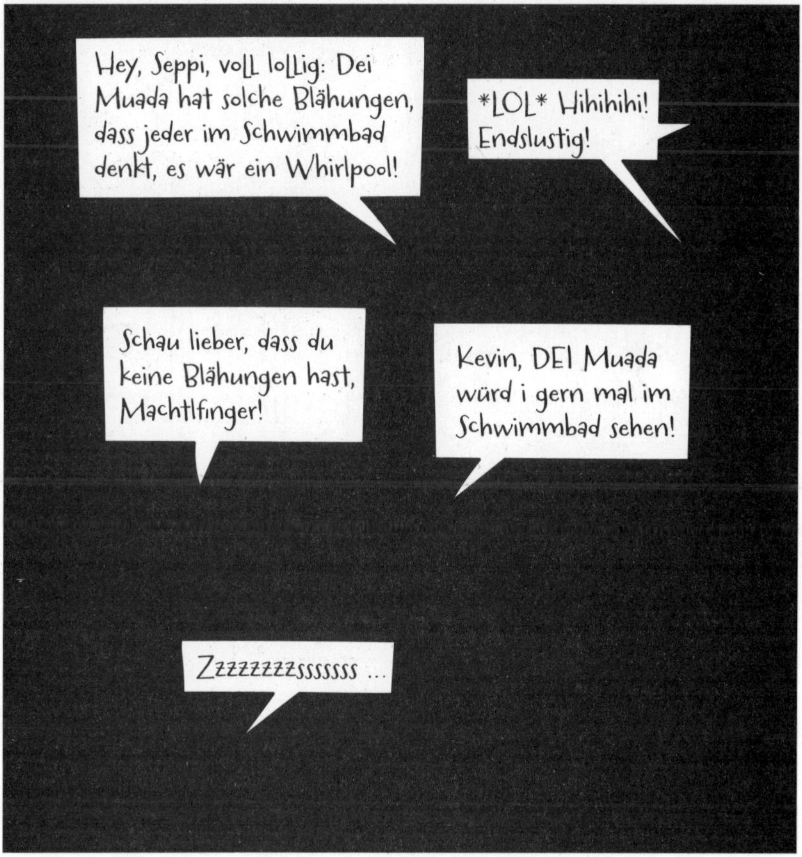

Kevins Spruch hat mich eigentlich richtig gefreut! Denn da hab ich kein schlechtes Gewissen haben müssen. Weil ich vorher schon mit Hansi und Luis und Leon alles ausgemacht hatte. Deswegen bin ich heimlich und leise auf Hansis Bett hochgeklettert. Und dann hab ich „Leon, jetzt!" gerufen! Das ist für den das Stichwort gewesen, das Licht anzumachen, damit ich …

Mit diesem geschickt eingefädelten Plan hat der Machtlfinger nicht gerechnet. Er ist völlig überrumpelt gewesen. Und natürlich sind die anderen mir auch noch zur Hilfe gekommen. Nicht dass der Kevin sich noch befreien hätte können. Da hat er also für seinen Spruch gleich büßen müssen. Obwohl ich sagen muss, dass der Spruch dieses Mal gar nicht sooo schlecht war. Wenn er nicht gegen meine Mutter gegangen wär. Und wenn er nicht vom Kevin gekommen wär. Gerade wollten wir anfangen, auf Kevins Kopfkissen zu furzen, als uns blöderweise etwas dazwischengekommen ist.

Das war ein ziemlich korrektes Verhalten vom Kevin. Schließlich hätte er ja auch petzen können. Deswegen haben wir ihn dann auch nicht mehr weiter gewoppert, als der Hitzl weg war. Irgendwie hat der Hitzl aber ein bisschen komisch geredet. Sehr seltsam! Na ja ...
Wir haben dann aber das Licht ausgelassen und haben uns noch Gruselgeschichten erzählt.

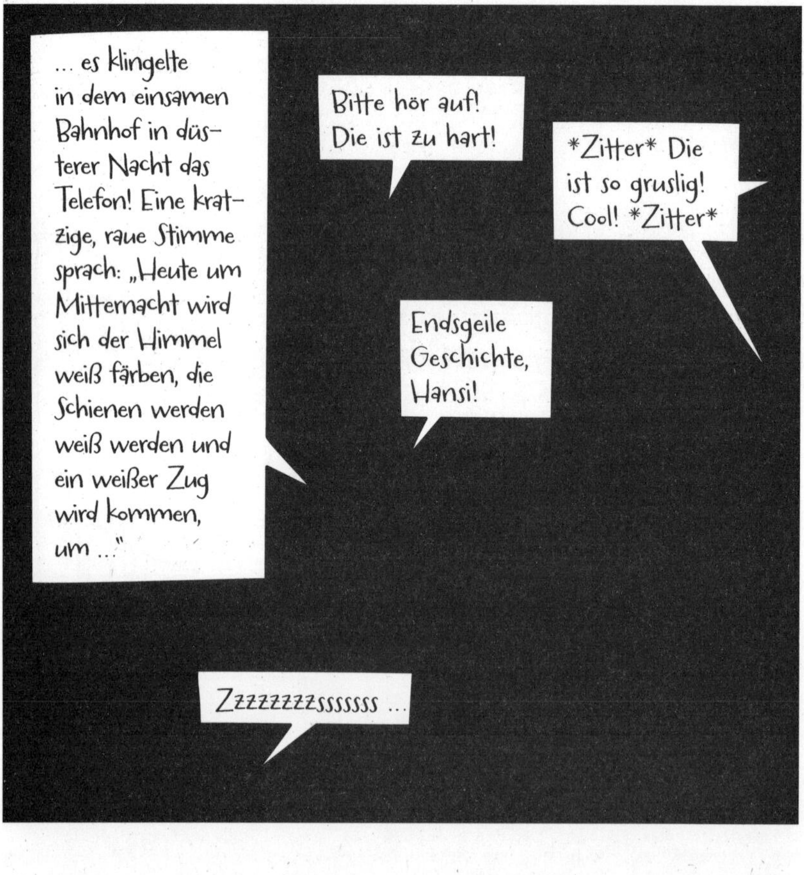

Das war eigentlich ein recht lockerer Ausklang unseres ersten Skilagertages. Auch wenn ich natürlich jetzt die nächsten Stunden auf einem Kissen liegen hab müssen, das unglaublich nach Blümchen stank. Und auch wenn der Oberdepp direkt über mir im Stockbett liegt und auf mich runterfurzen kann. Und auch wenn nicht aLLe meine ODA-Pläne wie gewünscht geklappt haben. Aber den Anfang hab ich schon mal gemacht. Und die nächsten Tage werden noch härter – FÜR KEVIN!!! Ich freu mich schon auf die Piste morgen!

Mitten in der Nacht

Na ja, irgendwie hab ich überhaupt keine Lust auf Schlafen gehabt. Deswegen bin ich im Dunkeln aufgestanden. Irgendwie hab ich voll Lust auf einen ODA-Einsatz gehabt. Das hat sich richtig gut angeboten, weil der Kevin über mir voll geschnarcht hat. Der Hansi hat auch geschnarcht. Vielleicht hat das an der Höhe im Stockbett gelegen. Aber der Hansi hat leider nicht weiterschlafen dürfen, weil ich ihn ja schließlich gebraucht hab. Darum hab ich ihn ganz sanft aufgeweckt!

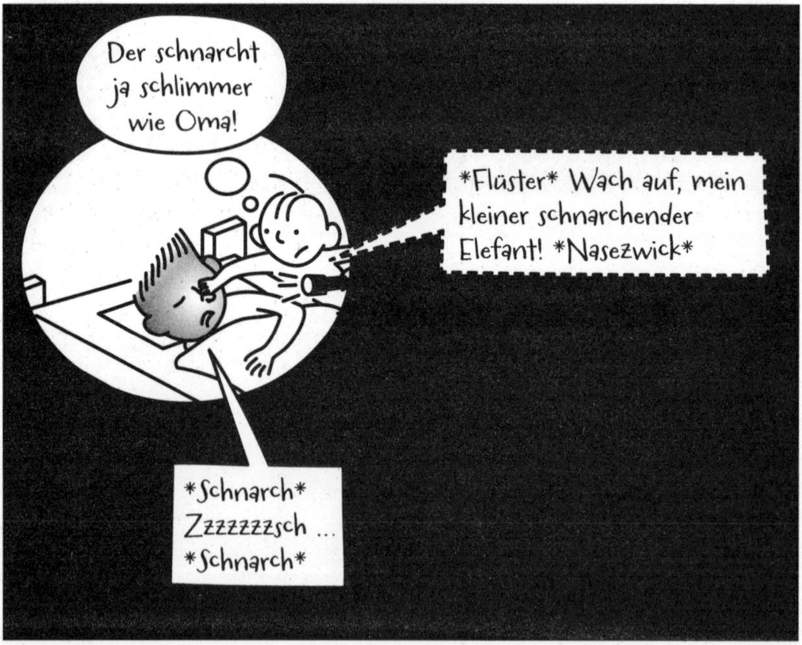

Nach meinem sanften Aufwecken ist Hansi echt ein bisschen ungechillt aufgewacht. Fast zumindest! Am Anfang hat er halt noch ein bisschen nach Luft geschnappt. Na und?!? Aber das ist dann eigentlich auch bald vorbei gewesen. Aber der Hansi kann ja froh sein, dass ich ihn so sanft geweckt hab. Ich hätte ihm ja auch eine Reinhauen können.

Der Hansi hat dann aber schnell gecheckt, dass es jetzt um Wichtigeres gegangen ist als um eine zugehaltene Nase. Denn es war genau jetzt Zeit für meinen Tipp 67, den „Lieber-mal-nachts-Windeln-tragen-Tipp" aus meinem Kult-Ratgeber.

Dazu hat der Hansi erst mal warmes Wasser aus dem Duschraum holen müssen. Ich bin direkt an unserer Zimmertür Schmiere gestanden. Das Schmierestehen direkt an der Tür ist sehr sinnvoll. Weil wenn jemand kommt, dann wär ich ganz schnell und unentdeckt in meinem Bett gewesen. Und somit wär nur der Hansi erwischt worden. Schließlich müssen ja da dann nicht zwei Leute einen Anschiss bekommen. Als wir aber langsam aus unserem Zimmer gegangen sind, ist der Hansi ein bisschen erschrocken. Ich hab aber voll cool reagiert!

Der Hitzl hat anscheinend wie ein Hund Wache halten woLLen. Aber von solchen Hindernissen haben wir uns nicht aufhalten lassen. Im Gegenteil! Während der Hansi in den Duschraum geschlichen ist, bin ich schneLL zurück ins Zimmer. In meiner Tasche hab ich dann gefunden, was ich gesucht hab: Einen EDDING!

Das mit dem Hitzl war natürlich nicht geplant und gehört auch nicht zum Tipp 67. Das hat sich einfach nur so gut angeboten. Aber jetzt haben ich und Hansi uns wieder auf den eigentlichen Tipp konzentrieren müssen. Wir sind langsam mit der Schüssel voll warmem Wasser ins Zimmer gegangen. Ich hab mich ins Bett gelegt. Der Hansi hat mir dann die Schüssel in die Hand gegeben. Und dann haben wir den Tipp durchgeführt.

Denn es ist nämlich so, dass man in die Hose bieseln muss, wenn man seine Hand ein paar Minuten in lauwarmes Wasser hält. Hab ich mal irgendwo gelesen.

Da der Kevin das aber nicht freiwillig gemacht hätte, haben wir halt das mit dem warmen Wasser für ihn übernommen. Damit er zu einem richtigen Hosenbiesler werden kann. Ganz wichtig sind dazu übrigens noch die Bieselgeräusche, die ich und der Hansi durch ein ganz lang gezogenes Ssssssssss... nachgeahmt haben. Somit hat dem Hosebieseln nichts mehr im Weg gestanden! Eigentlich!!! Denn dieser doofe Kevin hat sich doch tatsächlich bewegt. Und ...

Na toll! So ein Depp, der Kevin! Jetzt stinkt mein Bett nicht nur nach ekligem Frauendeo, sondern ich muss auch noch in einer vollen Wasserpfütze schlafen! Alles voll nass! Echt super, Kevin! So eine Frechheit! Was denkt der sich denn?!?

Was für ein bescheuerter Tipp! Der muss dringend überarbeitet werden, so kommt er nicht in meinen Ratgeber! Ich bin echt schwer enttäuscht von dem Tipp! Und von Kevin! Und von dem bisherigen Verlauf des ODA-Endlevels. Aber morgen muss alles besser werden!

Dienstag

Es war endlich so weit. Heute würde ich zum ersten Mal in meinem Leben Ski fahren. Und der Hansi auch. Beim Aufwachen hab ich als Erstes genau daran gedacht. Als ich dann aber auf mein patschnasses Kopfkissen gelangt hab, hab ich an die endsblöde ODA-Aktion gestern Nacht gedacht. Je mehr Leute dann aufgewacht sind, desto blöder ist die ganze Sache geworden.

Die blöden Kommentare sind dann auch nicht besser geworden. Alle haben das auf einmal gewusst. Fast so, als ob jemand das überall herumerzählt hätte. Und keiner hat darauf geschaut, wie geil der Hitzl eigentlich ausgeschaut hat.

Nach dem Frühstück, bei dem es übrigens nur lauter Ekelessen gegeben hat, sind wir dann endlich mit dem Bus losgefahren. Da haben dann die „Fantastic Four" die Gruppeneinteilung verkündet. Ich hab so gehofft, dass ich endlich ein bisschen Glück hab und dass ich bei der Frau Weidner, also bei der Sexy Su, mitfahren darf.

Kann es denn noch etwas Schlimmeres geben?!? Ich war doch die ganze Zeit so brav und freundlich! Wieso hab ich dann so viel Schlimmes verdient? Es ist ja schon schlimm genug, dass ich nicht bei der Sexy Su mitfahren darf. Aber dass der Kevin in ihre Gruppe kommt, das ist das Letzte! Und dann meine Gruppe!!!! Mit Schacke-Line!!!! Oh Mann! Und dann das Aller-aller-aller-allerletzte: Panik-Franz und die Runzel-Hex als meine Skilehrer!!!!!!!!!!!!!!!!!!

Also der Skikurs ist für mich so gut wie gelaufen!

Na super, mit Kevins Deppengelaber ist dann der eigentliche Skikurs losgegangen! Zuerst hat uns die Runzel-Hex gezeigt, wie man überhaupt in die Ski reinsteigen muss. Dann hat der Panik-Franz uns Geschichten aus seiner Jugend erzählt, als die Ski (und die Skischuhe wahrscheinlich auch) noch aus Holz waren und er als einer der größten Skifahrer aller Zeiten die Abhänge hinuntergewedelt ist. Und dann haben wir uns voll lächerlich aufwärmen müssen.

Nach ungefähr einer Ewigkeit haben wir endlich aufhören dürfen, uns aufzuwärmen. Dafür haben wir dann den Berg hochlaufen müssen. Kein Witz! Den ganzen BERG!!!!! Die haben uns den ganzen übelst hohen und endslangen Berg mit Ski hochlaufen lassen! Das ist die volle Kinderquälerei. Vor allem weil ja direkt neben uns so ein Schlepplift hochgefahren wär.

Aber dann ist die allergrößte Kinderquälerei gekommen. Der Panik-Franz und die Runzel-Hex haben sich echt vorgenommen, uns voll fertigzumachen. Ohne Mitgefühl! Ohne Herz! Und ohne Schonung! Die sind echt so was von mies.

Denn als wir auf diesem übelsthohen Berg oben waren, haben sie uns in so einer Kindergartenreihe aufstellen lassen. Und dann haben sie uns voll hinterhältig angegrinst. Ich hab richtig gesehen, was die für einen Spaß dabei hatten, uns jetzt erst so richtig zu quälen.

Blöderweise haben wir alle irgendwie eigentlich nicht fahren wollen. Darum hat der Panik-Franz immer lauter geschrien. Und weil wir dann immer noch nicht fahren haben wollen, hat die Runzel-Hex auch gleich noch mitgeschrien. Das hat uns dann so heftig eingeschüchtert, dass dann ich, Hansi und Schacke-Line gleichzeitig losgefahren sind. Was ja eigentlich eine ziemlich blöde Idee war. Denn gleichzeitig auf der Piste zu fahren, ist noch viel schwieriger und blöder, als allein auf der Piste zu fahren. Vor allem wenn man es nicht kann! Ich glaub, Schacke-Line und Hansi haben das dann auch ziemlich schnell gecheckt!

So sind wir dann den Abhang hinuntergeschossen. Ein voller Höllenritt war das! Wir sind auch noch dazu übelst schnell geworden! Viel schneller als alle anderen! Wahrscheinlich weil wir eigentlich skifahrerische Naturtalente sind. Blöderweise ist dann der Zaun am unteren Ende der Piste immer schneller auf uns zugekommen. Eigentlich könnte man sogar sagen, der Zaun ist auf uns zugerast! Bis wir schließlich keine andere Möglichkeit mehr hatten!

Ich mein, der Sturz hätte echt allein gereicht. Aber dass mir die Schacke-Line so nah kommen hat müssen, ist echt eklig. Die ist voll auf mir draufgelegen! Der Spaß am Skifahren ist mir echt voll vergangen. DOCH: Wenn man denkt „Schlimmer geht's nicht mehr!", kommt von irgendwo der nächste Depp daher!

Mein Skifahrstart ist also mal echt Vollgas in die Hose gegangen. Aber ich hab wirklich gekämpft! Und am Ende dieses schrecklichen Tages haben ich und Hansi echt einigermaßen ordentlich fahren können. So gut, dass der Gamsbock sogar zu uns gesagt hat, dass morgen die ganze Gruppe auf den richtigen Berg hochfahren darf. Und dann bin ich endlich dort, wo auch Kevin ist. Und dann kann ich ihm endlich zeigen, wer der Coolste auf der Piste ist.

Abends sind wir dann völlig fertig zurück zum unlustigen Fritz gefahren. Sinnvollerweise hat der unfidele Onkel nicht mal ein Zimmer, wo man seine Skisachen und seine Unterwäsche aufhängen kann. Deswegen haben wir alles bei uns im Zimmer aufhängen müssen.

Da wäre es fast schon besser gewesen, dass wir wieder eine Deoschlacht machen. Aber ich hab nach der blöden Erfahrung von gestern überhaupt keine Lust mehr auf Deoschlachten gehabt.

Denn ich war völlig fertig. Deshalb hab ich auch keine ODA-Aktion mehr durchführen können. Wir haben nur noch ein bisschen im Gruppenraum gechillt und haben ein paar Packungen Chips gegessen. Dieses Mal war dann der Panik-Franz mit dem Kontrollgang dran.

Vorteil unseres stinkenden Zimmers war also, dass sich der Panik-Franz heute sicher nicht mehr trauen würde, noch mal in diesen Gestank reinzugehen. Nachteil aber war, dass wir das nicht mal ausnutzen haben können, weil wir viel zu fertig waren. Heute hab ich davon geträumt, wie ich morgen endlich das ODA-Endlevel zu Ende bringen kann.

Mittwoch

Das hat einfach nicht wahr sein können. Ich bin heut Früh aufgewacht, und es war die Hölle. Ich glaub, es gab wirklich keinen Muskel an meinem Körper, der nicht ohne Ende wehgetan hat. Das sind echt unglaubliche Schmerzen gewesen. Wahnsinn! Mit letzter Kraft hab ich mich aus dem Bett gequält. Es ging mir dann ein bisschen besser, als ich gesehen hab, wie es Hansi geht.

Da hat der Hansi jetzt natürlich den Nachteil gehabt, dass er noch vom Hochbett runtersteigen hat müssen. Diese Schmerzen hab ich ihm dann echt gegönnt. Wenn er schon in meinem Bett schlafen darf.

Eineinhalb Stunden später haben der Panik-Franz und die Runzel-Hex uns zum Sessellift geführt. Sie haben das also wirklich durchziehen wollen, dass wir heute auf den großen Berg hochfahren. Irgendwie hatte ich aber da gar keine so große Lust mehr drauf. Der Sessellift ist nämlich schon wirklich ziemlich weit hochgefahren und ist auch ziemlich schnell gewesen. Aber die beiden Kinderquäler haben überhaupt kein Mitleid mit uns gehabt und haben uns hineingezwungen. Und dann ist es auch kein Wunder gewesen, dass mir am Ausstieg des Sessellifts ein klitzekleiner Fahrfehler passiert ist.

Durch die Schmerzen und blauen Flecken, die ich durch den Sturz bekommen hab, hab ich wenigstens die Schmerzen meines Muskelkaters nicht mehr so stark spüren können. Am liebsten wär ich aber da einfach auf dem Schnee liegen geblieben. Denn als ich mich wieder aufgerappelt hab, hab ich zum ersten Mal den Abhang angeschaut. Das war so krass! Der Abhang ist so steil gewesen, da kommt kein normaler Mensch runter. Aber der Panik-Franz und die Runzel-Hex wollten uns im Ernst dazu zwingen.

Schacke-Line hat die große Gefahr überhaupt nicht gecheckt. Die hat da echt noch Spaß gehabt. Aber dann hat uns die Runzel-Hex voll gezwungen, ihr im Pflug den Berg runter nachzufahren. Ich bin mir vorgekommen wie ein Entenküken, das seiner Entenmama hinterherwatschelt. Nur dass Enten süß sind und die Runzheimer das Gegenteil von süß ist. Und dass wir nicht watscheln, sondern fahren. Aber sonst war's schon ähnlich!

Überraschenderweise ist das Pflugfahren gar nicht so schlecht gegangen. Und wir sind immer sicherer geworden. Und dann war plötzlich am Rand die Fortgeschrittenengruppe gestanden. Aufgereiht wie Dominosteine.

Diese Steilvorlage hab ich natürlich nicht einfach so verstreichen lassen können. Schließlich ist es echt Zeit geworden, dass wieder mal eine neue ODA-Aktion kommt. Deswegen hab ich so getan, als würde ich die Kontrolle verlieren. Dann bin ich aus unserer Reihe ausgebrochen. Und dann hab ich voll auf die Frau Weidner gezielt. Weil die ja ganz oben in dieser Dominoreihe gestanden ist. Und: Ich hab getroffen!

Natürlich haben alle geglaubt, dass ich voll die Kontrolle verloren hab. Das war echt eine sensationelle Aktion. Und dann das Geheule vom Kevin. Einfach genial!
Der Kevin hat auch nachher versucht, sich bei den Lehrern über mich zu beschweren. Er hat da voll behauptet, dass ich das absichtlich gemacht hab. Die Lehrer waren aber so schlau und haben gecheckt, dass ich da rein gar nichts dafürgekonnt hab. Glücklicherweise für den Kevin sind wir Anfänger dann auf einen anderen Berg hochgefahren. Da sind dann lauter Snowboarder rumgesessen.

Die waren alle schon etwas älter als wir. Und sie waren echt saucool! Seitdem weiß ich, dass ich viel lieber Snowboarder werden will als Skifahrer. Ich hab dann auch ein bisschen mit denen Kontakt aufnehmen können.

Die sind echt so endscool gewesen! Am liebsten wär ich bei denen geblieben! Die haben echt eine sehr gechillte Einstellung! Aber der Panik-Franz hat wieder voll die Panik gemacht und uns von einem Berg zum nächsten gehetzt. So lang bis wir am Abend wieder völlig fertig mit dem Bus heimgefahren sind.

Ich muss echt sagen, ich hab mir gestern Abend nicht vorstellen können, dass etwas schlimmer stinken könnte als unser Zimmer gestern. Aber unser Zimmer heut war das absolut ekelhafteste Stinkloch, das ich jemals erlebt hab.

Am Abend hat dann der unlustige Onkel Fritz in unserer Pension im Hof eine Eisdisco vorbereitet. Mit einer richtigen Eislauffläche. Und mit einer endsalten Jukebox als Musikanlage. Eine Jukebox ist so ein großer Kasten, in den man Geld einwerfen muss. Wenn man Geld eingeworfen hat, kann man sich ein Lied wünschen. Heutzutage werden aber keine Jukeboxen mehr hergestellt. Deswegen hat man in die Jukebox des unlustigen Onkel Fritz auch keine Euros einwerfen können. Sondern man hat dafür beim unlustigen Onkel seine Euros in Schilling umtauschen müssen. Schilling war anscheinend das, mit dem die Österreicher bezahlt haben, bevor sie richtiges Geld bekommen haben. Für einen Schilling, das sind ungefähr sieben Cent, hat man sich dann ein Lied kaufen können. Allerdings waren die Lieder auch alle so alt wie die Jukebox.

So alte Musik hat meine Oma gehört, als sie jung war. Also ungefähr vor knapp 100 Jahren. Aber irgendwie war das voll witzig. Langsam sind auch die anderen alle gekommen. Wir sind dann alle auf das Eis gegangen. Keiner von uns hat allerdings Schlittschuh laufen können. Deswegen hat der unlustige Onkel Fritz ein paar Plastikpinguine dazugestellt, an denen man sich festhalten hat können.

Nur der Kevin, der Streber, hat Schlittschuh laufen können. Der hat dann um uns herum immer lauter Kreise gezogen und hat uns absichtlich geschnitten. Als dann auch die Fantastic Four auf die Eisfläche gekommen sind, hab ich Kevins Posen gleich ausgenutzt, um die nächste ODA-Aktion durchzuführen. Die ist mal echt richtig einfach gewesen. Ich hab mich mit meinem Pinguin einfach in die Nähe von der Runzel-Hex und den anderen drei Spaßbremsen gestellt. Dann hab ich gewartet, bis der Kevin wieder vorbeirauscht, um mich zu schneiden. Und dann ist es einfach passiert: Der Pinguin ist blöderweise umgefallen!

Ich würd mal sagen, das war wie ein perfektes Abräumen beim Bowling. Der Kevin ist voll in die Fantastic Four reingeschossen. Und die haben natürlich den Kevin geschimpft wie die Sau. Nur die Frau Weidner hat ihn ein bisschen verteidigen wollen, aber die hat natürlich gegen die anderen drei keine Chance gehabt. Und so ist der Abend durchaus erfreulich zu Ende gegangen. Die Operation Deppenabwehr hat heute zweimal beim Kevin voll zugeschlagen! Und morgen kommt der letzte Streich! Sozusagen der Höhepunkt! Wie geil!

Donnerstag

Heut war der letzte Skitag in dem Skilager. Morgen Früh fahren wir schon wieder heim. Also war auch heut der letzte ODA-Endlevel-Tag. Und ich hab mir was ganz Besonderes für den Kevin ausgedacht. Voller Vorfreude bin ich in der Früh aus dem Bett gesprungen. Blöderweise hab ich deshalb zu spät an die Muskelkater-Schmerzen in meinem Körper gedacht. Das hab ich dann leider sofort büßen müssen und ungefähr an 1000 Stellen meines Körpers ein heftiges Stechen gespürt. Aber egal! Heute hat's geheißen: Alles oder nichts! Ich war so gut gelaunt, dass ich auch völlig die dünne Nylonschnur übersehen hab, die Kevin hinterhältig an der Tür gespannt hatte.

Es ist wahrscheinlich Zufall gewesen, dass genau im richtigen Abstand noch eine Schüssel voller Schokopudding stand. Aber egal! Kevin hat mich nicht mehr aufhalten können! Mein Plan ist einfach zu perfekt gewesen!
Wir sind heute nämlich zu einer anderen Piste gefahren. Da hat es keine Sessellifte gegeben, sondern nur Schlepplifte. Weil wir Anfänger noch nie Schlepplift gefahren sind, hat immer ein Anfänger mit einem Fortgeschrittenen fahren müssen.
Ich hab mir dazu scheinheilig den Kevin gewünscht. Beim Einstieg in den Schlepplift hab ich mich absichtlich so blöd angestellt, dass sich der Bügel des Schleppliftes zufälligerweise in Kevins herunterhängenden Hosenträgern verfangen hat.

ODA-Countdown – Schritt 1 von 3

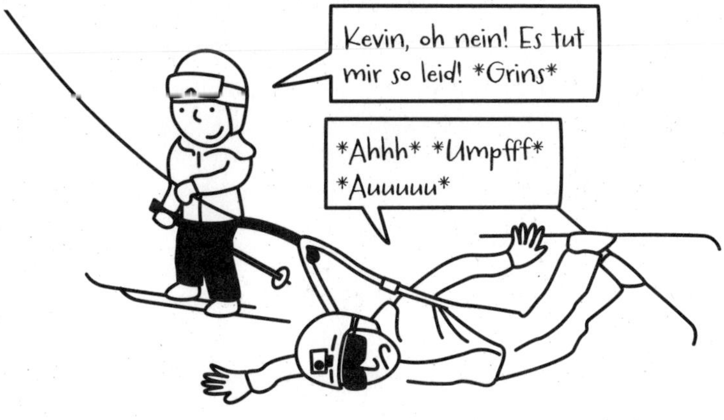

Das ist für den Kevin eine ziemlich unchillige Hochfahrt geworden. Blöderweise für ihn hat auch kein Liftmann das gesehen, um den Lift anzuhalten. Und ich hab vor lauter „Schreck" einfach vergessen, nach Hilfe zu schreien.

ODA-Countdown – Schritt 2 von 3

Als wir oben angekommen waren, ist der Kevin unverständlicherweise nicht besonders glücklich gewesen.

Wie geil ist das denn?!? Sogar die Runzel-Hex hat zu mir geholfen! Dass mein Plan so ideal läuft, hab ich natürlich nicht gedacht. Aber anscheinend hab ich einen Lauf gehabt, und deswegen hab ich sofort zum letzten Schritt kommen müssen.

ODA-Countdown – Schritt 3 von 3 – Finale

Die letzte Aktion ist eigentlich ziemlich einfach gewesen. Ich hab nur die richtige Stelle auf der Skipiste dafür gebraucht. Aber da heute alle Gruppen gemeinsam gefahren sind, hab ich ja den ganzen Tag Zeit gehabt. Und dann hab ich sie gefunden – die perfekte Stelle zur Vollendung des Endlevels. Alle meine Klassenkameraden sind gleichzeitig auf der gleichen Piste gewesen und haben sehen können, wie sich der Kevin Vollgas blamieren wird.

Nachdem mir blöderweise und völlig unabsichtlich mein Stecken direkt in Kevins Fahrbahn gefallen ist, hat der Kevin die Kontrolle verloren und ist ungebremst bergab geschossen. Blöderweise direkt auf einen Kicker zu, also eine selbst gebaute Schanze aus Schnee.

Ja, und dann ist er in hohem Bogen mit dem Kopf voraus in einen Schneehügel geflogen. Eine wirklich butterweiche Landung, würd ich sagen. Einfach perfekt! Und alle Schüler haben ihn ohne Ende ausgelacht. Nur die Lehrer waren etwas unchillig.

Und dann ist das Schlimmste passiert, was in dieser Situation passieren hätte können. Schacke-Line hat völlig überreagiert. Sie hat alles, aber auch wirklich alles kaputt gemacht!

Alle, die gerade noch Kevin für seinen Stunt ausgelacht haben, haben nun voll Mitleid für ihn bekommen. Mitleid, weil er von SCHACKE-LINE **GEKÜSST** worden ist. Auf den Mund! Es ist unfassbar! Sie hat es wieder getan! Einfach einen Jungen gegen seinen Willen geküsst. Das ist echt das Letzte! Und das Allerschlimmste dabei ist: Kevin hat auch mir übelst leidgetan! Er war plötzlich nicht mehr mein Feind, sondern er ist zu meinem Leidensgenossen geworden.

Die ganze Operation Deppenabwehr ist auf einmal völlig nebensächlich. Ich und Kevin – wir zwei haben ein schlimmes Schicksal erfahren. Und wir müssen uns auf das Wichtige konzentrieren – den Kampf gegen Schacke-Line. Ich hab sofort an Kevins Blick gesehen, dass er genauso denkt!

Hans-Peter Schneider wurde 1981 in Eichstätt geboren und ist in Preith aufgewachsen. Dort lebt er nach einem zehnjährigen München-Aufenthalt auch heute wieder mit seiner Frau Antonia, seiner Tochter Emma und seinem Sohn Sebastian. Er arbeitet als Gymnasiallehrer für Deutsch und Geschichte. Neben seiner schriftstellerischen Tätigkeit ist er als Schauspieler, Moderator und Regisseur aktiv und außerdem Vorsitzender von zwei Kulturvereinen. Im Rosenheimer Verlagshaus sind von Hans-Peter Schneider außerdem „Seppis Tagebuch – Passt scho!", „Seppis Tagebuch – Saustark!" und „Seppis Tagebuch – Pack mas!" sowie „Weihnachtsstern – Zauberhafte Geschichten und Gedichte" erschienen.

Meinungen, Ideen, Wünsche und Lesungsanfragen:
Besuche meine Hans-Peter-Schneider-Seite auf Facebook, schau vorbei auf www.h-pschneider.de oder schreibe einfach eine Mail an info@h-pschneider.de!

Vielen Dank für die tollen Vorschläge und Rückmeldungen, u. a. an Johannes, Lukas, Lenz, Diana, Sandra, Wolfgang, Paul und Silvia.

Von Hans-Peter Schneider bereits erschienen

Seppis Tagebuch – Passt scho!
208 Seiten
ISBN: 978-3-475-54222-0

Bereits im ersten Band von „Seppis Tagebuch“ erzählt der 14-jährige Seppi von all den Problemen, die der Schüleralltag so mit sich bringt: eine Mutter, die alles besser weiß, ein Vater, der keine Ahnung vom Fußball hat, eine Mitschülerin, die unglaublich nervig ist, oder ein bester Freund, der sich in letzter Zeit irgendwie komisch verhält. Außerdem muss Seppi beim Krippenspiel des gefürchteten Direktors mitmachen. In seinem Tagebuch macht sich der Bub seine Gedanken darüber. Eine Freude für alle Schüler und alle, die sich gerne an ihre Schulzeit zurückerinnern.

Seppis Tagebuch – Saustark!
224 Seiten
ISBN: 978-3-475-54333-3

Seppi könnte wirklich zufrieden sein. Sein Erzfeind Kevin ist mittlerweile zu einem Verbündeten geworden. Zusammen mit Hansi und Merlin halten sich die vier für unschlagbar. Wenn da nicht Schacke-Line und andere Nervtöter wären. Als ein Projekttag zum Thema „Mittelalter" angekündigt wird, wittern die vier Schüler ihre Chance. In ihrem Hauptquartier hecken sie die größten Ideen aus, die je von Schülern ausgedacht wurden. Dass dabei nicht immer alles rund läuft, versteht sich von selbst …
Auch im dritten Teil des Überfliegers sind Seppi & Co. wieder außer Rand und Band.